ŒUVRES DE
MILAN KUNDERA

米兰·昆德拉

著

余中先

译

告别圆舞曲

LA VALSE AUX ADIEUX

上海译文出版社

目录

第一天

1

秋天到了，树叶开始变色，发黄，发红，发褐；位于美丽山谷中的小小温泉城，仿佛被一场大火围住。在连拱廊下，女人们来来往往，纷纷走向泉眼。那是一些不能生孩子的女人，她们希望在这些温泉中求得生儿育女的妙方。

这里的疗养者中，男人要少得多，但还是能看到一些，因为温泉除了有妇科疗效之外，还有益于心灵。尽管如此，男女比例却相差悬殊，要是能看见一个男性疗养者的话，你就能数出九个女病人来，这使得在此工作的那位单身女青年大为光火。她是个护士，专门管理前来治疗不育症的女士专用浴池。

露辛娜就出生在这里，她的父亲和母亲也是当地人。她是不是将离开这个地方，离开这个可怕的女人麇集地？

今天是星期一，已近下班时分。还剩下几个胖女人需要用被单裹紧，放到床上躺下，还要为她们擦脸，冲她们微笑。

"嗨，你不打电话了？"女同事们问露辛娜；其中一个四十来岁，体态丰满，另一个年纪轻一些，身材瘦一些。

"谁说不打了？"露辛娜说。

"去吧！不要怕！"四十来岁的那个接着话头说完，就把她带到更衣室后面，女护士们的衣柜、桌子和电话都在那里。

　　"你应该打到他家里。"瘦子不无恶意地建议，三个人全都噗嗤笑了出来。

　　"我知道剧院的电话号码。"笑够了之后，露辛娜说。

2

这是一场可怕的对话。从电话中一听出露辛娜的声音，他心里便一片惊恐。

女人总是让他害怕；然而，没有一个女人相信他的这句话，在这番表白中，她们只看出一种风趣的俏皮。

"你好吗？"他问。

"不太好。"她回答。

"出了什么事？"

"我要跟你谈一谈。"她说，嗓音中满是悲怆。

好几年以来，他恐惧地等待着的，正是这一悲怆的语调。

"什么事？"他的嗓音有些发涩。

她重复道："我绝对要跟你谈一谈。"

"发生了什么事情？"

"跟我们俩都有关的事情。"

他已经说不出话来了。过了一会儿，他又重复问道："发生了什么事情？"

"我的月经没有来，已经六个星期没有动静了。"

他竭力控制住自己，说："兴许什么事都没有。这种情况偶尔也会有，那并不说明什么。"

"不，这一次，真的不会错。"

"这不可能。这绝对不可能。无论如何，这也不会是我的错。"

她有些生气："请问，你把我当什么人了！"

他怕得罪她，因为，突然间，他害怕起一切来："不，我不想惹你生气，这很蠢，我为什么要惹你生气，我只是说，我是不可能出这种事的，你什么都不用怕，这是绝对不可能的，生理上不可能的事。"

"这么说，那就没用了，"她说，越来越恼怒，"请原谅我打扰你了。"

他怕她会把电话挂了："不，根本不打扰。你应该给我来电话！我会很愿意帮助你的，放心好了。一切都会搞定的。"

"你说什么，搞定？"

他感觉有些尴尬。他不敢直接说出真正的意思："这个……是的……搞定。"

"我知道你要说什么，但你别指望！忘了这个想法吧。即便我毁了我的生命，我也不会那样做的。"

他又一次陷入恐惧中，但这一次他腼腆地发起了进攻："既然你不愿意跟我谈，那么，你为什么给我打电话？你到底是想跟我来讨论，还是你已经作了决定？"

"我想跟你讨论。"

"我来找你吧。"

"什么时候?"

"到时候我会通知你的。"

"好的。"

"那好吧,回头见。"

"回头见。"

他挂上电话,回到他乐队所在的小排演厅。

"先生们,排演结束了,"他说,"这一回,我不行了。"

3

挂上听筒时,她激动得面红耳赤。克利玛接受这消息的方式冒犯了她。实际上,好长时间以来她就受到了冒犯。

他们彼此认识是在两个月之前,一天晚上,这位著名小号手跟他的乐队一起来温泉城登台演出。音乐会后有一次酒会,她被邀请与席。小号手在所有女人里看中她,跟她一起过了夜。

之后,他一直杳无音信。她给他寄过两张明信片,写了一些祝贺的词语,但他从来没有回过信。有一天,她路过首都,给他的剧院打电话,得知他正跟乐队一起在排练。接电话的那家伙请她报上姓名,然后对她说他去找克利玛。过了好一会儿,当他回来时,他宣称,排练已经结束,小号手已经走了。她在心里问自己,这是不是一种打发她的方式,她感到一种格外的恼恨,尤其是她已经怀疑自己怀孕了。

"他竟然说这在生理上不可能!太精彩了,生理上不可能!当小家伙降生时,我倒要看看他会说什么!"

她的两个同事热情地鼓励她。那一天,当她在雾气腾腾的大厅中向她们宣布说,头天夜里,她刚刚跟那著名的男人度过了难以描绘的美妙时刻，小号手立即成了她所有女同事的财富。他的幽灵就在她们轮班的大厅中伴随着她们，有人提到他的名字时，她们就暗笑，仿佛提到的是一个她们有亲密接触的人。当她们得知露辛娜怀孕了的时候，她们心中感受到一种奇特的快乐，因为从此之后，他就切切实实地存在于女护士的肚腹深处，跟她们在一起了。

四十岁的那位拍拍她的肩膀说："瞧瞧，瞧瞧，小姑娘，安心吧！我有东西给你。"然后，她在她面前打开一本已经有些皱巴巴的、脏兮兮的画报："瞧！"

三个人凝视着一个漂亮的褐发年轻女子的照片，她站在台子上，嘴唇前有一个麦克风。

露辛娜试图在这几平方厘米的画面上解读她的命运。

"我没想到她是那么年轻。"她说，充满了忧虑。

"得了吧！"四十岁的女人微笑道，"这是一张十年前的照片。他俩的年纪差不多。这女人不是你的对手！"

4

在跟露辛娜电话交谈期间，克利玛回想起这个可怕的消息，他很久以来就在等待它了。当然，他没有任何理由相信，在那个命中注定之夜，他会让露辛娜怀孕（相反，他确信自己遭到了不公正的指责），但是，多年以来，远在认识露辛娜之前，他就一直在等待着这样的一种消息。

他二十一岁时，一个迷恋上他的金发姑娘就曾假装怀孕，以迫使他同意结婚。在那残酷的几个星期中，他的胃痉挛不已，几个星期之后，他便病倒了。此后，他就知道，怀孕是一种打击，它可以在随便什么时候，在随便什么地方突然冒出来，没有任何避雷针可以避免这种打击，它会以一种悲怆的嗓音，在一个电话里宣布出来（是的，那一次也一样，金发女郎也是首先在电话中告诉他那个噩耗的）。他二十一岁时的事故，使他后来在跟女人接触时，总是带着一种焦虑的情感（然而，却不无热情），每次爱的幽会后，他总怀疑会有糟糕的后果。他徒劳地强迫自己以他那种近乎病态的谨慎，相信严格的推论，产生如此一种灾难的可能性只有十万分之一，但就是这十万分之一也足以吓得他够呛。

有一次，他独自过夜耐不住寂寞，就打电话给一个他已有两个月没见的年轻女子。当听出他的声音时，她就叫嚷起来："我的天，是你呀！我等你的电话已经等得不耐烦了！我是那么地需要你给我来电话！"她那么急切地说着这一切，带着那样的一种夸张，以至于熟悉的忧虑又攫住了克利玛的心，他的整个身心都感到，那致命的瞬间现在终于来了。因为他想尽可能敏捷地正视事实真相，便主动地挑起话头："你为什么用一种那么悲切的语调对我说话？"那女郎回答道："妈妈昨天死了。"他轻松下来，但心里明白，无论如何，总有一天，他躲避不了他所猜疑的不幸。

5

"够了，够了。你这是什么意思？"鼓手说。克利玛终于醒悟过来。他看到身边是他那些乐手的一张张神情关注的脸，就对他们解释刚发生的事情。众人放下手中的乐器，打算帮他出出主意。

第一种建议是激进的：十八岁的吉他手宣称，对一个像刚刚给他们的指挥兼小号手来电话的人那样的女人，应该狠狠地推开了事。"告诉她，随她怎么办好了。娃娃不是你的，那事儿跟你一点都不搭界。她若是还要坚持的话，就做一次血液鉴定好了，鉴定会告诉她谁是孩子的父亲。"

克利玛提醒他，血液鉴定一般是证明不了什么的，在这种情况下，女人的指控会占上风。

吉他手回答说，连血液鉴定都不用做。遭到这样粗暴打发的年轻女子往往会很识相，不会再无谓地死缠烂打，等她明白到，她所指控的男人不是一个懦夫时，她就会自己去把孩子处理掉。"到时候她要是还不肯弄掉孩子，我们全体，乐队的全部乐手，就到法庭上作证，那时候我们全跟她睡过觉。让他们来找我们中谁是父亲好了！"

但是，克利玛说："我相信你会为我这样做的。但是，还没等到这一天，我恐怕早就因猜疑和恐惧而变疯了。碰到这样的事情，我是太阳底下所有男人中最懦弱的，我首先需要的是确信。"

所有人都同意。吉他手的方法在原则上说是好的，但并非对所有人都适合，尤其不适合一个没有坚强神经的人。另外，对一个有名有钱的人，也不要作这样的建议，这样的男人，值得一个女人冒险一次。他们最终达成一个一致的观点，不要固执地把那个女郎一推了之，而应该使用劝说的方法，使她同意去堕胎。但选择什么样的理由呢？人们可以有三种基本的假设：

第一种方法寄希望于女郎的同情心：克利玛跟女护士交谈就像对他最好的朋友那样；他十分真诚地信任她；他对她说，他的妻子病得很重，假如她知道她丈夫跟另一个女人有了孩子，她就会死的；而克利玛，无论从道德观上说，还是从神经类型上说，都不能接受这样的一种情景；于是他请求女护士对他发发慈悲。

这一方法遭到了一种原则上的反对。人们不能把整个的策略建立在一个女护士的心灵之美这样一种可疑不实的基础上。她需要有一颗真正善良而又富有同情的心，才能保证这一方法不会反过来对付克利玛。被选中的孩子之父对另一个女人表现出的过分敬重越是让她觉得受了冒犯，她就会越是表现得具有进犯性。

第二种方法寄希望于女郎的理智：克利玛试图向她解释，他不能确信，而且恐怕也永远不能确信孩子就是他的。他认识女护士，但仅仅见过她一次，对她还绝对说不上有什么了解。她还跟谁来往，他连一点儿概念都没有。不，不，他并不怀疑她存心勾引他出错，但她也无法对他咬定，说她不跟其他男人来往！就算她会这样对他咬定，克利玛从哪里找到保证，证明她说的是实话？让一个其父亲从来无法确定亲子关系的小孩出生，是不是符合情理？克利玛能不能为了一个连他自己都弄不清是不是亲生的孩子，而抛弃他的妻子？露辛娜要不要一个有可能永远不会有父亲的孩子？

这种办法同样显得很不可靠：低音提琴手（他是乐队中最年长的）指出，指望那女郎的理智，比相信她的同情心还要幼稚。推理的逻辑可能会达到一个巨大目标，而女郎的心则会被心爱的男人拒绝相信她的真诚所震撼。而这会促使她带着一种令人心酸的固执，更加一意孤行地肯定自己的意图。

最后，还有第三种可能性：克利玛对未来的母亲发誓他曾经爱过她，并还在爱她。至于孩子是别人的这一可能性，他不应该作丝毫的影射。相反，克利玛将引导女郎沉浸在信任、爱情和温柔的暖流中，他向她承诺一切，包括离婚。他为她描绘他们光辉的未来。随后，正是以这一未来的名义，他请求她中止她的妊娠。他向她解释说，现在要孩子还为时尚早，会剥夺他们爱情生活最初的、最美好的岁月。

这一推理缺乏上一种方法中大量存在的东西：逻辑。克利玛怎么可能那么热烈地爱上了女护士，他在两个月里不是一直躲着不见她吗？但是，低音提琴手肯定地说，情人们的行为总是没有什么逻辑可言的，很容易找出这种或那种借口对那女郎解释的，再也没有比这更简单的事情了。最后，大家全都认为，这第三种方法兴许是最令人满意的方法，因为它把希望寄托在女郎爱的情感上，在目前的情景中，它是相对唯一有把握的。

6

　　他们走出剧院，在街角分了手，但是吉他手一直陪克利玛走到他家门口。他是唯一一个不同意众人建议的人。在他看来，这计划实在配不上他那么尊敬的指挥："当你找到一个女人时，你要带上一根皮鞭！"他说，引用了尼采的一句话，他并不熟悉尼采，在他的全集中，他只记住了这唯一的一句话。

　　"小子，"克利玛悲叹道，"那根皮鞭，是握在她的手中啊。"

　　吉他手向克利玛建议，他愿意跟他一起开车去温泉城，把女郎引到公路上，把她压死。

　　"没有人能够证明，她不是自己撞到我的车轮底下的。"

　　吉他手是乐队中最年轻的乐手，他很爱克利玛。克利玛则被他的话感动了："你真是太好心了。"他说。

　　吉他手谈起了他计划的细节，激动得脸膛发红。

　　"你真是太好心了，但这是不可能的。"克利玛说。

　　"你为什么还犹豫不决，她是个脏货！"

　　"你的心确实很好，但这是不可能的。"克利玛说，跟吉他手分了手。

7

当他独自一人时，他静下心来考虑年轻人的建议，反思自己拒绝的理由。并不是因为他比吉他手更有德行，而是因为他没那么勇敢。他害怕被指控为蓄谋害人，也害怕被认定为孩子的父亲，两种忧虑的分量一样重。他看到汽车掀翻了露辛娜，他看到露辛娜躺在公路中央的血泊中，他感觉到一种转瞬即逝的轻松，心中一阵狂喜。但他知道，沉湎在幻觉的影子中是无济于事的。他现在心里很沉重。他想到他的妻子。我的上帝，明天就是她的生日了！

眼下六点还差几分，商店在六点整打烊。他急冲冲地跑进一家鲜花店，买了一大束玫瑰花。多么难堪的生日晚会在等着他！必须假装待在她的身边，出于真心，出于真意，必须奉献于她，表现得对她很温柔，哄她开心，跟她一起欢笑，而就在这一期间，他连一秒钟都没有停止过想着远方的一个肚子。他会竭力说一些温情的话，但他的心思在远方，囚禁在那些陌生肚肠的黑牢中。

他明白，要留在家里跟妻子一起过生日，实在有些勉为其难，于是决定不再多耽搁了，尽早出发去见露辛娜。

但是，前景看来也不容乐观。位于山区的温泉城，就像是荒漠中的绿洲。在那里他连一个熟人都没有。兴许除了那一位美国疗养者，他的做派像是旧时代的富裕市民，在上一次音乐会结束后，曾经邀请他们整个乐队去他住的套房中做客。他拿好酒招待他们，还挑选了几个在疗养院工作的女人作陪，可以说，对后来在露辛娜和克利玛之间发生的事，他要负间接责任。啊，要是那个曾对他表现出毫无保留的好感的人还在温泉城就好了！克利玛抓住他的形象，就像抓住了一根救命稻草，因为，在他刚刚经历的时刻里，一个男人需要的不是别的，而是另一个男人友好的理解。

他返回剧院，停在了门房中。他要了一个长途电话。不一会儿，露辛娜的声音从听筒中传来。他对她说，他第二天就去看她。他丝毫没有影射几个小时前她告诉他的那个消息。他对她说话的口气，就仿佛他们是无忧无虑的一对情人。

在两句话之间，他问道：

"那个美国人还一直在疗养吗？"

"在！"露辛娜说。

他感到一阵轻松，然后，以一种更为从容不迫的语调重复说，他很渴望见到她。

"你穿着什么衣服？"他随后问道。

"为什么问这个？"

这是一个诡计，多年来，他在他的电话游戏中屡试不爽："我想知道你现在穿着什么衣服。我想想象你的模样。"

　　"我穿着一条红裙子。"

　　"红色应该对你很合适。"

　　"兴许是吧。"她说。

　　"裙子里面呢？"

　　她笑了起来。

　　是的，当他对她们提出这一问题时，她们全都笑了起来。

　　"你的底裤是什么颜色的？"

　　"也是红色的。"

　　"我渴望看到你里面。"他说完就跟她告别。他认为他的语气很得当。有一会儿，他感觉心情好多了。但仅仅是一小会儿。他刚刚才明白到，他满脑子只有露辛娜的事，他无法想别的事情，他必须把晚上跟他妻子的谈话限制在最狭小的范围内。他在电影院门口停下来，买了两张票，这几天正在演一部美国西部片。

8

尽管卡米拉·克利玛看起来很漂亮，不像是生病的样子，但她还是生着病的。由于虚弱的身体，她在几年前就不得不结束了舞蹈生涯，当初，正是她的舞姿把她引向她现在丈夫的怀抱。

这个已经习惯了受人羡慕的年轻漂亮的女人，现在突然满脑袋都是医院的福尔马林味。她似乎觉得，在她丈夫的世界跟她自己的世界之间，生生地横隔了一条山脉。

当克利玛看见她神情忧虑的漂亮脸蛋时，他感到自己的心撕裂了，他向她伸出（穿越那条虚构出来的山脉）捧着浓浓爱意的双手。卡米拉明白，在她的忧愁中有一种她以前没有想到的力量，它吸引着克利玛，让他温柔动情，使他热泪盈眶。毫不奇怪，她已经开始（兴许是无意识地，然而是经常地）使用意外发现的这一武器。因为，只有当他把目光落在她痛苦的脸孔上时，她才能多多少少地相信，在克利玛的头脑中，没有任何一个女人能跟她竞争。

这个很漂亮的女人确实害怕别的女人，而且她到处都看到别的女人。她们无处不在，从来不会错过她。当克利玛晚上回到家里问候她时，她会在他的语调中发现她们。她会在他衣服的气味中找到她们的踪迹。最近，她在一份报纸中发现一张纸条；上面有克利玛亲手写下的一个日期。当然，这可能是随便什么事情，范围很大，是一次音乐会的排演，是一次跟经纪人的约会，但在整整一个月里，她老是在问自己，那个日子，克利玛会去找哪一个女人，在整整一个月里，她一直睡不稳觉。

如果说，女人的邪恶世界把她吓得到了这一地步，那么，她就不能在男人的世界中找到一种安慰吗？

很难。嫉妒具有惊人的能力，能以强烈的光芒照亮唯一的一个人，而同时让众多的其他人滞留在一种彻底的黑暗中。克利玛太太的思想只能遵循着那些痛苦的光芒，而无法走向任何别的方向，而她的丈夫已经成了世界上的唯一男人。

现在，她听到了钥匙在锁孔中转动的声音，她看到小号手捧着一大束玫瑰花。

她一开始感到很快乐，但怀疑立即随之而生：他为什么今天晚上就给她带了鲜花回来，而她的生日实际上是明天？这件事将意味着什么呢？

她迎上去说："你明天不在吗？"

9

今天晚上他给她带来了玫瑰花这件事，并不必然意味他明天就不在。但是，永远警惕着的、永远充满嫉妒的怀疑的触角，早早地就猜出了隐藏在丈夫心中的意图，它明察秋毫。克利玛每一次觉察到这可怕触角存在着，在窥伺他，剥去他的面具，赤裸裸地揭露他，他就感到一种令人绝望的疲惫。他仇视它们，那些触角，他坚信，假如他的婚姻受到了威胁，那一定来自它们。他始终相信（在这一点上，他的意识是那么好斗地清白），假如他曾经对他妻子撒过谎，那只是因为他想保护她，不让她遭遇任何的失望，而恰恰是她自己，由于她的疑心，给自己带来了痛苦。

他俯身看着她的脸，从她的神情中读出疑惑、忧愁和糟糕的心境。他真想把玫瑰花束扔在地上，但他强忍住了。他知道在以后的几天里，他必须在更为困难的环境中控制自己。

"我今天晚上给你带来鲜花，让你觉得别扭，是吗？"他说。他妻子在他的嗓音中听出了恼怒，便向他道谢，找来一只花瓶去盛水。

"这该死的社会主义！"克利玛随后说。

"为什么？"

"听我说！他们老是强迫我们义务演出。那一次，是以反帝国主义斗争的名义，后一次，则是为了纪念革命的成功，再一次，竟是为了一个领袖人物的诞辰，假如我不想让他们取消我的乐队，我就不得不忍受这一切。你简直无法想象我今天有多么生气。"

"因为什么？"她问，没有什么兴趣。

"在排练时，我们接待了市政府一个委员会女主席的来访，她开始教训我们应该演奏些什么，不应该演奏什么，说到最后，她强迫我们为青年团组织一场免费音乐会。最糟糕的是，我明天要在外待一整天，去听一个要命的报告，有人要给我们讲音乐在社会主义建设中的使命。又是一天浪费掉了，彻底地浪费掉了！而这一天恰恰是你的生日！"

"他们毕竟不至于把你一直留到夜里吧！"

"当然不至于。但是，你现在就能看出来，等我回到家里，会是个什么状态！好了，我想好了，今天晚上，我们就可以先在一起过一段安安静静的时光，"他说道，握住了妻子的双手。

"你真好。"克利玛太太说。而克利玛从她的嗓音中明白到，对他刚才关于明天报告会的话，她连一个字都没有相信。克利玛太太显然不敢对他表现出她的不信。她知道，她的怀疑会惹他发怒。但是，克利玛很久以来早就不再相信他妻子的相信了。无论他说的是实话还是谎话，他始终怀疑她在怀疑他。然而，既然假

23

子已经掷出，他就应该继续下去，假装相信她是相信他的，而她（带着一脸忧愁而又漠然的表情），她问着他明天报告会的事情，好向他表明她并没有怀疑它的真实性。

然后，她去厨房准备晚餐。她放多了盐。她总是很高兴地做饭，而且做得很好（生活并没有把她毁了，她没有丢弃操持家务的习惯），克利玛知道，这天晚上，饭菜之所以没做好，仅仅是因为她情绪不佳。他看到心事重重的她，以一个痛苦的、激烈的动作，往菜肴中放过头了盐，他的心顿时揪得紧紧的。在那一口口偏咸的饭菜中，他似乎尝出了卡米拉眼泪的滋味，他吞下肚里去的，是他自己的罪孽。他知道卡米拉受着嫉妒心的折磨，他知道她将度过一个无眠之夜，他真想过去抚摩她，拥吻她，安慰她，但他立即明白到，那样做将是多余的，因为在这种温情中，他妻子的触角只会发现他心中有鬼的证明。

最后，他们去了电影院。克利玛从影片主人公身上汲取到某种安慰，在银幕上，他们看到主人公镇定自若地摆脱了险恶的处境。他想象自己就是那个主人公，他对自己说，说服露辛娜去堕胎，只不过是小事一桩，靠着他的魅力和他的好运，他做起来一定易如反掌。

随后，他们并排地躺在大床上。他瞧着她。她仰卧着，脑袋深陷在枕头中，下巴微微抬起，眼睛盯着天花板，一瞬间里，就在她身体的这种极端紧张中（她总是让他想起乐器上的一根弦，他对她说，她拥有"一根弦的灵魂"），他突然看到了她整个的本质。是的，有时候（那是一些神奇的时刻），他会在她的一个动作中或者一个运动中，突然抓住她肉体和她心灵的整个历史。那是一些绝对英明的时刻，但也是绝对激情的时刻；因为这个女人在他一无所有的时候曾经爱过他，她曾经准备为他而牺牲一切，她盲目地理解他全部的思想，以至于他可以跟她谈论阿姆斯特朗①和斯特拉文斯基②，谈论琐碎的小事和严肃的大事，她对他来说是所有人类中最亲近的一个……随后，他想象这个可爱的肉体、这张可爱的脸死去了，他对自己说，他自己也不能再多活哪怕一天。他知道，他能够保护她，直到自己的最后一口气，他能够为她献出自己的生命。

但是，这种令人窒息的爱的感觉，只是一道转瞬即逝的微弱的光，因为他的心整个地被焦虑和恐惧占据。他躺在卡米拉的身旁，他知道他无比地爱她，但他却心不在焉。他抚摩着她的脸，仿佛隔着一段好几百公里的距离抚摩着她。

①　Louis Armstrong（1900—1971），美国黑人爵士音乐家。
②　Igor Stravinsky（1882—1971），俄罗斯音乐家，后流亡美国。

第二天

1

　　差不多在上午九点钟，一辆漂亮的白色轿车停在温泉城环城马路旁的停车场上（汽车不许行驶得更远了），克利玛从车上下来。

　　在城镇主要街道的中央段，长长地延伸开一个公共花园，稀稀朗朗地栽着一些树，草坪间有沙砾小径，安置着花花绿绿的长椅。花园两端，矗立着温泉中心的一些楼房，其中包括卡尔·马克思公寓。那一天夜里，我们的小号手在居住于此的女护士露辛娜的小房间里度过了要命的两个小时。卡尔·马克思公寓对面，公共花园的另一端，耸立着疗养地最漂亮的建筑，世纪初新艺术风格的楼房，带有灰墁的装饰，大门上方还有马赛克镶嵌画。只有它有特权毫无改变地保留它当初的名字：里奇蒙大厦。

　　"伯特莱夫先生还在大厦里吗？"克利玛问看门人，得到一个肯定的答复后，他匆匆地踏上红地毯，一直登上二楼，在一道门前敲起来。

　　进门时，他看到伯特莱夫身穿睡衣朝他迎来。他颇有些难堪地为自己贸然的拜访而道歉，但伯特莱夫打断了他的话：

"我的朋友！快别道歉了！您给了我从未有人在这早晨时分给过我的最大快乐。"

他抓住了克利玛的手，然后继续说："在这个国家，人们并不尊重早晨。他们用闹钟粗暴地把自己唤醒，就像用一把斧子砍破了他们的睡眠，然后，他们立即投身于忙忙叨叨的琐事中。您能不能对我说说，以这样一个暴力行动为开端的随后一整天会是什么样子？在那些每天的醒来都给他们带来一阵电波小震动的人身上，会发生什么事情？他们每天都在习惯于暴力，他们每天都在忘却愉悦。一个人的情绪，请相信我的话，全是由他早晨的活动决定的。"

伯特莱夫轻轻地摁住克利玛的肩，让他坐到一把扶手椅上，然后说："不妨说，我是那么喜欢早晨的悠闲时刻，我就像是在慢慢地走过一座两边排列着雕塑的桥，从黑夜过渡到白日，从睡眠过渡到苏醒的生命。在一天的这段时间中，我是那么感激能有一个小小的奇迹，一次突然的相遇，它会让我相信，我夜里的梦还在继续，睡眠的历险和白天的历险并没有被一种不幸分隔开。"

小号手看着身穿睡衣的伯特莱夫在房间里来回踱步，一只手梳理着他那花白的头发，他从他响亮的嗓音中，觉察到一种难以遮掩的美国口音，在他的词汇中，有某种已经稍微过时的、很容易解释的东西，因为伯特莱夫从来没有在他的祖国生活过，只是因为家庭的传统，他才会说他的母语。

"我的朋友，没有人，"现在他解释说，带着一种信任的微笑，身子探向克利玛，"在这个温泉城里，没有人能理解我。甚至连护士们，平时她们还挺乐意助人的，但是当我邀请她们在我吃早餐时跟我一起分享惬意的时刻，她们可就是一副忿忿然的模样了，以至于我不得不把所有的约会全都挪到晚上去，就是说，挪到我毕竟有一点点疲劳了的那一刻。"

随后，他走到放电话的小桌子前，问道："您什么时候到的？"

"今天早上，"克利玛说，"开车来的。"

"那您一定饿了。"伯特莱夫说。说着，他抓起了听筒。他要了两份早餐：

"四个水煮蛋，还有奶酪、黄油、羊角面包、牛奶、火腿和茶。"

这会儿，克利玛打量了一下房间。一张很大的圆桌，几把椅子，一把扶手椅，一面镜子，两张沙发，有一道门通往卫生间，还有一个相邻的房间，他记得，伯特莱夫小小的卧室就在那里。一切就是在这里，在这个豪华的套间里开始的。他那乐队的乐手们就是在这里喝得醉醺醺的，为了讨他们的高兴，这个美国阔佬请来一些女护士。

"是的，"伯特莱夫说，"您看到的这幅画，上一回还没有呢。"

只是在这一时刻，小号手才发现一幅油画，画上是一个大胡子男子，他的脑袋上围着一道浅蓝色的奇特圆环，手中拿着一杆画笔和一块调色板。绘画显得很稚拙，但是小号手知道，不少看起来显得稚拙的绘画都是著名的杰作。

"这画是谁画的？"

"我。"伯特莱夫答道。

"我都不知道您还画画呢。"

"我很喜欢画画。"

"这是谁？"小号手大着胆子问。

"圣拉撒路[①]。"

"怎么？圣拉撒路是个画家？"

"那不是圣经中的拉撒路，而是圣徒拉撒路，一个僧侣，公元九世纪时生活在君士坦丁堡。他是我的主保圣人[②]。"

"原来如此！"小号手说。

"这是个很好奇的圣人。他不是因为相信基督而被异教徒处死的，而是因为太喜欢绘画而死在坏基督徒的手中。您兴许知道，在公元八到九世纪，教会的希腊分支奉行一种严厉的禁欲主义，不能容忍任何形式的世俗欢乐，甚至连绘画和雕塑都被当成不洁

----

① Lazare，圣经中有两个同名者。在《约翰福音》（第6章第1—44节）中，拉撒路是个病人，是伯大尼的马利亚和马大的兄弟。他病死后又被耶稣救活。在《路加福音》（第16章第19—31节）中，拉撒路是一个浑身生疮的乞丐，总是在富人家门前乞讨。

② 西方人有习惯，人生下来后一般取一个圣徒的名字作自己的名字，这个圣徒就被称为此人的主保圣人。

愉悦的对象。狄奥斐卢斯①皇帝下令销毁千万幅漂亮的绘画，还禁止我亲爱的拉撒路作画。但是，拉撒路知道，他的绘画是在为上帝增光，便拒绝让步。狄奥斐卢斯把他投入牢狱，苦刑折磨他，想迫使拉撒路放下画笔，但上帝是仁慈的，上帝给予了他力量忍受那些残酷的刑罚。"

"真是一个美丽的故事，"小号手彬彬有礼地说。

"精彩绝伦。不过，您前来看我恐怕不是仅仅为了欣赏我的绘画吧。"

这时候，有人敲门，侍者端着一个大托盘进了门。他把盘子放在桌上，给两个人摆上了早餐的餐具。

伯特莱夫请小号手坐下，然后说：

"这顿早餐没有什么太特别的，我们可以一边吃一边继续我们的谈话。请告诉我，您心里有什么事？"

就这样，小号手一边嚼着食物，一边讲起他的遭遇，引得伯特莱夫不时插嘴，向他提出一个个精辟的问题。

---

① Théophile（？—842），拜占庭东罗马帝国皇帝。

2

　　他尤其想知道，克利玛为什么不回复女护士的两张明信片，他为什么避而不接电话，他自己为什么从来没有作出一个友好的举动，以一个平静的、让人放心的回声，让那个爱情之夜延续下去。

　　克利玛承认，他的行为既没有理，也没有礼。但是，要相信他，他确实无能为力。跟这女郎任何新的接触，都让他觉得可怖。

　　"诱惑一个女人，"伯特莱夫不满地说，"是最笨的傻瓜都做得到的。但是，必须善于了结；而这，就看出一个成熟男子的本事了。"

　　"我知道，"小号手忧郁地承认道，"但是，在我身上，那种反感，那种无法克服的厌恶，远远地超过了所有的善意。"

　　"告诉我，"伯特莱夫惊讶地叫了起来，"您不会是生来就讨厌女人的吧？"

　　"别人正是这样说我的。"

　　"但这怎么可能呢？您看起来既不像一个阳痿者，也不像一个同性恋。"

"确实，我既不是前者，也不是后者。事情还要更糟糕，"小号手不无忧郁地坦白道，"我爱我的妻子。这是我的性秘密，绝大多数人会觉得这根本无法理解。"

这是一番那么令人激动的坦言，两个男人一时间竟无话可说。然后，小号手接着说："没有人能理解，而我妻子比任何人都更不能理解。她想象，是一种伟大的爱使我们拒绝种种艳遇。但是，这根本就不对。某种东西随时随地推动我走向另一个女人，然而一旦我拥有了她，我就被一种强有力的弹簧，从她身边推开，弹回到卡米拉身旁。我甚至有这样的感觉，如果说我有时候也寻找别的女人的话，那仅仅是由于这一弹簧，这一冲动，这一辉煌的飞翔（充满着温柔、欲望和谦卑），我想让它把我带回我自己的妻子身边，每一次新的不忠诚都让我前所未有地更爱她。"

"以至于对你来说，女护士露辛娜仅仅是对你一夫一妻之爱的一种证实吗？"

"是的，"小号手说，"而且是一种令人极其舒服的证实。因为，人们第一次见到女护士露辛娜时，会觉得她有一种很大的魅力，而这种魅力在两个小时之后会彻底地消失殆尽，这一点很不错，它使任何东西都不能刺激你持续下去，它让弹簧把你送上一条辉煌的回归之轨。"

"亲爱的朋友，一种过分的爱是有罪的爱，而您无疑就是最好的证明。"

"我认为，我对我妻子的爱，是我心中唯一的好东西。"

　　"您错了。您对您妻子过分的爱并不是您的无动于衷的对立点和补偿点，而是它的根源。既然您的妻子对您来说是一切，那么，所有其他的女人对您来说就什么也不是，换句话说，她们对您来说都是婊子。但是，这可是对上帝创造的那些尤物的一种极大亵渎，一种极大轻蔑。我亲爱的朋友，这样的爱情可是一种异端。"

3

伯特莱夫推开他的空杯子，站起身，离开桌子，走进卫生间，从那里，克利玛最开始听见自来水的声音，然后，过了一会儿，传来伯特莱夫的嗓音："您认为人们有权利弄死一个还没有出世的孩子吗？"

刚才，看到戴着光环的大胡子圣徒的画像时，他就已经走神了。他记忆中的伯特莱夫是一个乐观开朗的人，他心里可从来没有想过，这个人会是一个异教徒。一想到他马上就要听到一番道德训诫，他在这温泉城的荒漠中的唯一一片绿洲就要覆盖上沙土，他的心就开始揪紧了。他嗓子发紧，回答说："您同意那些人的观点，也把这叫做谋害性命吗？"伯特莱夫迟迟没有回答。他终于走出卫生间，换上了正装，头发也梳得光光的。

"谋害性命这个说法实在有些让人联想起电刑椅，"他说，"我想说的可不是这个。您知道，我的观点是，应该接受原来样子的生命，它落到我们头上是什么样子就该是什么样子。这是第一位的诚令，在十诚之前。所有事情全在上帝的掌握之中，我们根本不知道它们变成什么。我这样说的意思是，接受落到我们头上的

37

原来样子的生命，就是接受意外的生命。而一个孩子，就是意外的精华，一个孩子，就是意外本身。您不知道它会成为什么样子，它会给您带来什么，正是因为这样，才必须接受他，不然的话，您就只是活了一半，您活着就像是一个不会游泳的人在浅滩上涉水，而真正的大海仅仅是在他边上，在他站不住脚的地方。"

小号手指出，那孩子不是他的。

"就算是这样吧，"伯特莱夫说，"只不过，您还是老老实实地承认吧，假如那孩子确实是您的种的话，您也会固执地坚持让露辛娜去堕胎的。您会因为您的妻子，因为您带给她的有罪的爱而这样做的。"

"是的，我承认，"小号手说，"无论如何，我都会迫使她去堕胎的。"

伯特莱夫背靠着卫生间的门，微笑着说："我了解您，我不会试图让您改变主意的。我实在太老了，已经不想去改良世界。我只是对您说了我的想法，就这些。即便您违着我的意愿行事，我依然还是您的朋友，即便我不同意您的言行，我还是会帮助您的。"

小号手细细地打量着伯特莱夫，他说这最后一句话时的语调，像是一位睿智的传道者那样轻柔平滑。他觉得他令人羡慕。他似乎觉得，伯特莱夫所说的一切都会是一个传说，一个寓言，一个范例，一个从一篇现代福音书中抽出来的章节。他真想（让我们

相信他吧，他很激动，很容易做出过激的行为）深深地向他鞠
一躬。

　　"我会尽力帮助您的，"伯特莱夫接着说，"我们一会儿去找
我的朋友斯克雷塔大夫，他会帮您解决医学方面的问题。但是，
您先给我解释一下，您将怎样说服露辛娜作出一个会令她反感的
决定？"

4

是第三种方法吸引了他们的注意。小号手一讲完他的计划，伯特莱夫就说：

"这使我想起一个故事，是我在喜爱历险的青年时代亲历的。那还是我在码头上当装卸工的时候，我认识了专门给我们送快餐的一个姑娘。她心肠好得出奇，从来不会拒绝任何人的要求。只可惜，这一份好心肠（还有好肉体）使人们变得更粗暴，而不是更感激，到后来，只剩下我一人还对她保留一份敬意，我也是唯一一个从来没有跟她睡过觉的男人。由于我的善良，她竟然爱上了我。假如说，我最终还是跟她做了爱，那我是怕不这样做就会使她难堪，就怕会侮辱她。但这事儿只发生过一次，而且我立即跟她解释说，我会以一种伟大的精神之爱继续爱着她的，但是我们不能再做情人了。她放声大哭，她跑着离开我，她不再跟我打招呼了，而她却更为露骨地献身于所有其他人。两个月过后，她对我宣布说，她怀上了我的孩子。"

"这么说，您的处境跟我完全一样了。"小号手喊起来。

"啊，我的朋友，"伯特莱夫说，"您难道不知道，您身上发生的事，就是世界上所有男人的共同命运吗?"

"您做了些什么呢?"

"我的所作所为，恰恰跟您打算做的一样，但有一点区别。您想假装还爱着露辛娜，而我呢，我是真的爱那姑娘的。我在我面前看到一个可怜的造物，受到所有人的侮辱和冒犯，世界上仅仅有一个人曾对这个可怜的造物表现出亲切和蔼，那这种亲切和蔼，她不愿意失去它。我明白她爱我，我无法抱怨她以她所能的方式表现这种爱，她那无辜的卑贱只能赋予她那样的方式。请听我是怎么对她说的：'我心里很清楚，你怀的是另一个人的孩子。但我心里同样很清楚，你施展这个小小的计策是出于爱心，我愿意用我的爱心来换取你的爱心。我不在乎这是谁的孩子，假如你愿意的话，我现在就娶了你。'"

"您简直疯了!"

"但这样做无疑比你精心策划的办法更有效。当我向小婊子多次重复说我爱她，说我愿意娶她，并要她的孩子时，她顿时泪流满面，对我承认说她是在骗我。面对着我善良的心，她说，她明白了，她配不上我，她永远也不会跟我结婚。"

小号手一言不发，陷入了沉思，伯特莱夫补充道：

"假如这个故事能对您有什么用的话，我就很高兴了。不要试着让露辛娜相信您还爱她，而是要竭力真的去爱她，竭力去怜悯她。即便她在引诱您犯错误，您也要竭力在这谎言中看出她的爱情的一种形式。我敢肯定，随后，她将抵挡不住您善心的力量，她自己就会采取各种各样的办法，不让您为难。"

　　伯特莱夫的话在小号手心中产生了深刻的印象。但是，一旦他的脑海中浮现出一个生动活泼的露辛娜的形象，他立即明白，伯特莱夫向他建议的爱情之道，对他来说是行不通的；这是圣徒之道，而不是普通人之道。

5

露辛娜坐在温泉疗养院浴疗大厅中的一张小桌子前，女人们在治疗之后，就躺在这里沿墙排列的床上。她刚刚接收了两个新病人的病历卡。她填写上日期，发给那两个女人更衣柜的钥匙，一条毛巾和一条大白被单。然后她瞧了瞧手表，走向大厅尽头的水池子（她只贴身穿一件白工作服，因为铺着方瓷砖的洗浴厅充满了热腾腾的蒸汽），二十来个赤裸裸的女人正在神奇的温泉水中行走。她喊着名字叫其中的三个，告诉她们规定的洗浴时间结束了。女人们乖乖地爬出水池子，抖着胖膙膙的乳房，让水滴流下，跟在露辛娜身后走。她把她们带到女人们正躺着的床那边，一个接一个地给她们盖上被单，用一块小布给她们擦眼睛，再用一条暖和的毯子把她们裹起来。女人们对她笑笑，但露辛娜并没有回报以微笑。

到这里来肯定不是一件愉快的事，在这小小的城镇中，每年要来一万个女人，却没有一个年轻的男人来；一个女人假如总是不搬家的话，那么，她对自己从十五岁起的一生中所有的性爱机会就会有一个明确的概念。然而，怎么可能搬家呢？她工作的单位并不会自愿地取消服务人员，而露辛娜一提出搬家的想法，她的父母就激烈地反对。

不，这个努力地履行着自己职业义务的年轻女郎，对疗养者通常不会产生什么爱心。对这一点，人们可以找到三个理由：

欲望：那些女人离开了丈夫、情人之后来到这里，在她的想象中，她们离开的是一个充满了机会的世界，而这千万个机会中，却没有一个属于她，尽管她的乳房长得更漂亮，腿也更长，相貌也更娇美。

除了欲望，还有不耐烦：那些女人带着她们遥远的运气来到这里，而她在这里却没有运气，去年是怎样，今年还是怎样；一想到她默默无闻地在这个小地方度过生命的一段时光，辜负了青春岁月，她就不寒而栗，她不断地想到，还没等她开始生活，生活就要从她面前逃走了。

第三点，她们众多的数量引起她直觉上的反感，数量减弱了任何女人作为个体的价值。她被一种女人胸脯的忧郁膨胀所包围，在这些胸脯中，甚至连她自己这一对如此美丽的胸脯也失去了价值。

她刚刚不露微笑地包裹完三个女人中的最后一位，那个瘦子女同事就朝大厅探出脑袋，对她喊道："露辛娜！电话！"

她的语气中透着一种如此庄严的调子，露辛娜立即知道是谁来的电话了。她脸色通红地跑到电话间后面，抓起听筒，自报了姓名。

克利玛通名报姓之后，问她什么时候可以见他。

"我三点钟下班。我们可以在四点钟见面。"

接下来就该商定一个约会地点了。露辛娜建议去疗养地的大饭馆，它是整天开的。待在一旁、眼睛始终盯着她嘴唇的瘦女人，点了点头表示同意。小号手回答说，他更喜欢在一个他们能够单独相处的地方见露辛娜，他建议开车带她离开疗养院，去别的什么地方。

"这没用。你想让我们去哪里？"露辛娜说。

"我们单独相处的地方。"

"假如你羞于跟我待在一起，那就没有必要来了。"露辛娜说，她的同事也点头同意。

"我不是这个意思，"克利玛说，"我四点钟在饭馆门口等你。"

"好极了，"当露辛娜放下电话时，瘦女人就说，"他是想偷偷地在什么地方见你，而你就应该做得让尽可能多的人看见你们在一起。"

露辛娜依然很激动，这次约会令她有些胆怯。她已经不能够再想象克利玛的样子了。他的体貌是什么样的，还有他的微笑，他的举止呢？他们唯一的那次邂逅只给她留下了一个模糊的回忆。她的同事们那时一个劲地问她关于小号手的问题，她们都想知道他是什么样的，他说了些什么，他脱了衣服之后像什么，他是如何做爱的。但是她什么都说不出来，她只是一味地重复说，那像是一场梦。

这可不是一种托词：那个人从海报上走了下来，跟她相遇，她跟他一起在一张床上度过了两个小时。一时间里，他的照片获得了一种三维的现实感，有血有肉，随后又变成了一个非物质的、无色彩的形象，复制为成千上万的样本，那么的抽象，那么的虚幻。

因为当时他那么快地就摆脱了她，回到了他的图像符号中，所以她只保留了关于他完美形象的不快感觉。她无法抓住哪怕是一个仅有的细节，能让他降尊纡贵，能让他变得更为亲近。当他离得很远时，她还充满着激昂的斗志，但现在她感受到了他的在场，勇气就从她身上消失殆尽。

"挺住，"瘦女人对她说，"我要为你祝福，全看你自己的了。"

6

当克利玛跟露辛娜电话交谈结束后，伯特莱夫就拉着他的胳膊，把他带到卡尔·马克思公寓，斯克雷塔大夫就住在那里，并在那里开着他的诊所。不少妇女坐在候诊厅里，但伯特莱夫毫不犹豫地轻轻敲了四下诊室的门。过了一会儿，出来一个穿白大褂的高个子，高高的鼻子，戴一副眼镜。"请稍等一会儿。"他对坐在候诊厅里的女人们说，然后陪这两个男人来到走廊上，又从走廊上楼，来到他住的套房。

"您好吗，大师？"三个人刚刚落座，他就对小号手说，"您什么时候再来这里开音乐会呢？"

"这辈子都不会了，"克利玛回答说，"因为这个温泉城带给我伤害。"

伯特莱夫对斯克雷塔大夫解释了小号手的事，然后克利玛又说：

"我请求您帮我一个忙。首先我想知道，她是不是真的怀孕了。也许只是月经推迟了呢。要不然她就是在跟我演戏。这样的事我已经碰到过一次了。同样是一个金发姑娘。"

"绝不应该跟金发姑娘做任何事。"斯克雷塔大夫说。

"是的，"克利玛表示同意，"金发姑娘是我的丧门星。大夫，那一回，实在是恶劣。我早已迫使她去医生那里做检查了。只不过，在妊娠刚一开始，是得不出确切结论的。于是，我要求给她做一个母鼠测试。把女人的尿液注射到母鼠体内，当母鼠的卵巢膨胀时……"

"那女士就是怀孕了……"斯克雷塔大夫补充道。

"她带来了她早晨的尿液，装在一个瓶子里，我陪着她，她突然让瓶子掉在联合诊所门口的人行道上。听到粉碎声，我赶紧跑上前，还想抢回它至少几滴尿液！看到我这个样子，人们恐怕会以为她掉在地上的是圣杯呢。她是故意的，想摔破瓶子，因为她知道，她并没有怀孕，她想让我尽可能长久地受折磨。"

"典型的金发女郎的行为。"斯克雷塔大夫说，一点儿都不奇怪。

"您认为在金发女郎和褐发女郎之间真的有什么区别吗？"伯特莱夫说，他显然对斯克雷塔大夫有关女人的经验有所怀疑。

"我相信您！"斯克雷塔大夫说，"金色的头发和黑色的头发，这是人性的两极。黑色的头发意味着活力、勇气、直率，行动，而金色的头发则象征着女人味、温柔、软弱和被动。如此说来，一个金发女郎实际上是双重意义上的女人。一个公主只能长一头金发。正是因为这个道理，女人们为了尽可能体现出女人味，都

48

会把头发染成金黄，而绝不会染成黑色。"

"我很好奇地想知道，色素是如何对人类施加了影响的，"伯特莱夫疑惑不解地说。

"问题不在于色素。一个金发女郎在无意识地适应着她的头发。尤其，假如这个金发女郎本来是一个褐发女子，特地让人把头发染成了黄色。她想忠实于她头发的颜色，于是所作所为尽量像是一个弱女子，一个肤浅的洋娃娃，她要求得到温柔和体恤，得到人殷勤的照应和周到的膳食，她自己没有能力做什么事情，外表一片精致，里面却一派粗糙。如果黑色的头发成了一种流行的时尚，那么，人们在这世界上显然会活得更好。人们将迎来前所未有的最有用的社会变革。"

"如此说，露辛娜很有可能是在跟我玩把戏。"克利玛插话道，试图在斯克雷塔大夫的话中找到一种希望的理由。

"不。我昨天对她做了检查。她是怀孕了。"医生说道。

伯特莱夫注意到，小号手变得面无血色，就说："大夫，主持堕胎事务责任委员会①的可就是您啊。"

"是啊，"斯克雷塔大夫说，"我们这个星期五就要开会。"

"这太好了，"伯特莱夫说，"不要再浪费时间了，因为我们朋

---

① 捷克斯洛伐克于一九五七年通过人工流产法，凡提出堕胎要求的妇女，必须经过地方政府所属的堕胎事务责任委员会批准，此法令后来于一九八六年取消。

友的神经快要崩溃了。我知道，在这个国家里，你们并不允许自由堕胎。"

"根本就不允许，"斯克雷塔大夫说，"在这个委员会中跟我在一起的，还有两位女士，她们代表人民的权力。她们都长得极其丑陋，憎恶所有那些来找我们的女人。你们知不知道，在这个地方，谁是最激进的鄙视女人派？是女人们自己。先生们，从来没有一个男人，对女人有过那么深的仇恨，就连克利玛先生也没有，尽管已经有两个女人试图把自己肚子大起来的责任推在他的头上，只有女人才会对跟自己同一性别的人有如此的深仇大恨。为什么您认为她们会竭力地诱惑我们？仅仅是为了能够蔑视和凌辱她们的姐妹。上帝向女人心中灌输了对其他女人的仇恨，因为上帝想让人类繁衍多多。"

"我原谅您说的话，"伯特莱夫说，"因为我想再回到我朋友的事情上来。在这个委员会里，毕竟是您说了算，那些可恶的女人会照着您的话去做的。"

"毫无疑问，当然是我说了算，但是，不管怎么说，我是不打算再去管那些事了。我又挣不到一分钱。您，比如说，大师，您开一场音乐会能挣多少钱？"

克利玛说出的数目吸引住了斯克雷塔大夫。

"我常常想，"他说，"我应该去搞音乐，好让我的钱包鼓起来。我演奏打击乐还是蛮不错的呢。"

"您演奏打击乐吗?"克利玛说,话里透出一种强烈的兴趣。

"是啊,"斯克雷塔大夫说,"在人民之家,我们有一架风琴和一套打击乐器。我业余时间常去敲鼓。"

"好极了!"小号手叫起来,很高兴终于找到机会可以吹捧一下医生了。

"但我没有伙伴可以组成一个真正的乐队,只有药剂师还能来弹弹钢琴。我们两个人在一起试着配合了好多次。"他停了下来,似乎在思考什么,"听我说!露辛娜什么时候来我们委员会……"

克利玛深深地叹了一口气:"但愿她能去……"

斯克雷塔大夫做了一个不耐烦的动作:

"她会高高兴兴地来的,像其他人那样。但是委员会要求孩子的父亲也到场,所以,您必须陪她前来。为了使您并不只是为这件微不足道的小事特地来这里跑一趟,您可以提前一天来,我们晚上演奏一场音乐。一把小号,一台钢琴,一套鼓。三人组成一个乐队①。有您的大名印在海报上,观众肯定爆满。您认为如何?"

克利玛对自己音乐会的技术质量问题永远是极端苛刻的,简直到了吹毛求疵的地步,要是在两天之前,他对医生的建议恐怕根本不会考虑。但是,现在,他感兴趣的只有一个女护士的肚子,他怀着一种彬彬有礼的热情,回答医生提出的问题:

---

① 拉丁语,*Tres faciunt orchestrum*。

"那将会很精彩！"

"真的吗？这么说，您同意了？"

"当然啰。"

"那么您呢，您认为如何？"斯克雷塔问伯特莱夫。

"我看这个主意棒极了。只不过，我不知道，你们在短短的两天里怎么准备呢？"

斯克雷塔并没有回答，而是站起身，走向电话。他拨了号码，但没有人接电话。"最重要的，是要立即去做海报。不幸的是，秘书不在，可能出去吃午饭了。"他说，"至于租用场地问题，就用一个儿童游戏厅好了。人民教育协会星期四要在那里开一个反酗酒会议，由我的一个同事来主持一个讲座。如果我建议他称病取消讲座，他将会很高兴地接受。不过，显而易见，您必须在星期四一早到达，我们三个人好排练一下。不过，假如这没有必要的话？"

"不，不，"克利玛说，"这是必不可少的。必须事先准备好。"

"我也这样认为，"斯克雷塔表示同意，"我们将为他们演奏最有效的保留曲目。《圣路易斯的布鲁斯》和《圣徒进行曲》这两首曲子中的打击乐，我演奏得得心应手。我可以独奏它几段，我好奇地想知道您对此有什么看法。另外，今天下午您有事吗？您不愿意我们先来试一试吗？"

"很不巧，今天下午，我必须说服露辛娜同意做人工流产。"

斯克雷塔做了一个不耐烦的动作："忘了它吧！她不用您去求，就会同意的。"

"大夫，"克利玛以一种恳求的语气说，"还是星期四再练吧。"

伯特莱夫也代为求情：

"我也认为，你们最好还是等到星期四再说。今天，我们的朋友打不起精神来。此外，我想他可能也没有带着他的小号。"

"这倒是一个理由！"斯克雷塔坦言承认。他领着他这两个朋友去对面的餐馆，但是，在街上，斯克雷塔的护士追上了他们，她请医生赶紧回到诊所去。大夫向朋友们道一声抱歉，就跟在女护士后面，回到他那些患不育症的女病人那里去了。

7

约莫六个月之前，露辛娜离开父母亲的家，离开了他们居住的附近的一个村子，搬到卡尔·马克思公寓，住在一个很小的房间里。鬼才知道她到底看上了那个独立的小房间的什么，但她很快明白到，她从她的小房间和她的自由中得到的好处，远不如她早先梦想得那么愉快，那么强烈。

这天下午，大约三点时分，从温泉疗养院下班回到小房间后，她吃了一惊，很不高兴地看到，她的父亲正躺在长沙发上等着她。这也实在太碍事了，因为她本来打算好好地打扮一下，在衣柜里翻腾一番，梳一下头，精心地挑选一条出去时穿的裙子。

"你在这里干什么呢？"她问道，一脸的不高兴。她从心底里抱怨那个看门人，他认识她的父亲，而且还随时准备在她不在的时候为他打开她房间的门。

"我有一会儿空，"父亲说，"今天，我们在城里有一次演习。"

她父亲是维护公共秩序志愿者协会的成员。由于疗养院的工作人员老是嘲讽那些胳膊上佩戴袖章，神气活现地在大街上巡逻的老先生们，露辛娜就替父亲的活动感到难为情。

"你还觉得这挺好玩的吧！"她嘟囔着说。

"你应该感到幸福，有我这么一个从来没有，也永远不会逃避勤务的爸爸。我们这些退了休的，我们还要继续让年轻人瞧瞧，我们还会干些什么！"

露辛娜断定，眼下最好的做法是让他接着说他的，自己还是集中精力选裙子。她便打开了衣柜。

"我很想知道你们到底会干什么。"她说。

"不少的事情呢。咱们这个城市可是一个国际温泉疗养地，我的女儿。你瞧瞧它都成什么样子了！孩子们在草坪上乱跑！"

"这又怎么了？"露辛娜说，一条条裙子地选着。没有一条称她的心。

"要是光有孩子们就好了，可是还有狗呢！市政府早就公布了命令，所有的狗如果没有链带拴着，没有戴上嘴套，就不许出门！可是你看，没有人执行。每个人都一意孤行，自行其是。你只要看一看公园就知道了！"

露辛娜拽出一条裙子，开始脱衣服，身子藏在半开的大衣柜门后面。

"它们到处撒尿，甚至撒在游戏场的沙土堆上！你想象一下，当一个小孩不小心把馅饼掉在了沙土上，那该是什么情景！还有，有些人还奇怪，这里会有那么多的疾病，这根本就不应该大惊小怪的！喏，只要看一眼就够了，"父亲一边说，一边走到了窗前，

"就说眼前吧，已经有四条狗在撒野乱跑。"

露辛娜刚刚露出身子，照起了镜子。但她只有一面小小的墙镜，勉强可以看到自己的腰身。

"你对这个没有兴趣，啊！"父亲问她。

"谁说没有，当然有兴趣啦，"露辛娜说，踮着脚尖从镜子前后退，一心猜想着，穿上这条裙子后，自己的腿会是什么样子。"只不过，你不要生气，我有个约会，我很急。"

"我只能认可警犬或者猎犬，"父亲说，"但是，我不能明白，那些人怎么会在家里养狗。不久，女人们就不再想自己生孩子，那时候，摇篮里躺着的就将都是小狗崽子了！"

露辛娜不满意镜子里反映出的形象。她又回到了大衣柜前，开始寻找一条更合身的裙子。

"我们决定，一个人如果要在自己的家中养狗，必须在居民会议上得到所有其他邻居的同意。此外，我们还要增加狗类豢养税。"

"我看，你好像有什么特别烦心的事。"露辛娜说。她很高兴自己不再跟父母一起住了。从儿童时代起，她的父亲就一个劲地向她灌输他的道德课和他的指令。她一直渴望着另一个世界，人们在那里说的是另外的一种话语。

"没什么好笑的。狗嘛，确实是一个严重的问题，并不是我一个人在考虑，最高层政治领导人也在考虑。他们肯定忘记了问你，什么是重要的事，什么是不重要的事。你显然会回答说，世界上最重要的事，就是你的衣裙。"他说，发现他女儿重又钻到大衣柜的门后，在那里换衣服。

"我的衣裙当然要比你的狗重要。"她辩白道。她又一次在镜子前踮起脚尖，而且，她又一次对自己的打扮感到不满意。但是这种对自己的不满渐渐地变成了一种反抗：她不无恶意地想到，小号手兴许就想接受她原先的那个样子，甚至就想见她穿着她那身便宜的衣裙，这样一想，她感受到了一种奇怪的满足。

"这是一个卫生的问题，"父亲继续道，"只要狗还要在人行道上拉屎，我们的城市就始终干净不了。这也是一个道德的问题。人竟然会在为人类建造的住宅中养起当作宠物的狗来，那是不允许的。"

一件事情正在发生，露辛娜却没有猜到：她自己的反抗跟她父亲的愤怒，正那么神秘，那么不为人察觉地混杂起来。她对他不再感到有那种强烈的反感，而就在刚才，他在她身上激起了那么强烈的反感；相反，在他语气激烈的话语中，她不知不觉地汲取了能量。

"我们家里从来没有养过狗，但我们总是碰到狗。"父亲说。

她继续照着镜子，她觉得她的妊娠给了她一种前所未有的好处。无论她觉得自己漂亮还是不漂亮，小号手为见她而特地旅行了一趟，并且以世界上最可爱的态度邀请她去饭馆。此外（她瞧了一眼手表），就在眼下这一刻，他已经在那里等着她了。

"不过，我们会拿起扫帚清扫的，小宝贝，你会看到的!"父亲说着，笑了笑。而这一次，她的反应中带着温柔，脸上几乎还挂着一丝微笑：

"这让我很高兴，爸爸，可是，现在，我该走了。"

"我也该走了。一会儿就要开始演习了。"

他们一齐走出了卡尔·马克思公寓，分手告别。露辛娜缓缓地走向饭馆。

8

克利玛从来无法把自己跟所有人都认识的、作为时髦艺术家的公众人物这一身份完全等同起来，尤其在他遇到个人麻烦的这一时刻，他觉得自己就像是一匹被指定退让在后的赛马，就像是一匹害群之马。当他跟露辛娜一起走进饭馆的大厅时，他看到墙上，正对着衣物寄存处，贴着一张海报，上面有他的一张大幅照片，那是上一次音乐会之后一直留在那里的，见到自己的照片时，他感到有些难堪。他跟那女郎一起穿过大厅，机械地四下寻摸，生怕顾客中有谁认出他来。他害怕人们的目光，他觉得，到处都有人的眼睛在窥伺着他，在观察着他，支配着他的言语表达和他的行为举止。他感觉到许多好奇的目光死盯着他的脸。他竭力做出满不在乎的样子，走向在大厅尽头的一张小桌子，桌子靠着一大堵玻璃窗，透过玻璃，可以看到外边公园中树木的枝叶。

当他们落座后，他对露辛娜笑了笑，抚摩了一下她的手，接着便夸奖她的裙子很合身，很漂亮。她谦虚了几句不同意的话，但是，他一再坚持，好一阵时间里一个劲儿地恭维女护士的魅力。他说，他已经被她美丽的体貌震住了。他两个月里一直在想她，以至于记忆中的成像功能把她构建成了一个远离现实的形象。异乎寻常的是，他还说，她真正的相貌，尽管他在想念她的时候是那么渴望拥有，还是比他想象中的要更胜一筹。

露辛娜提醒小号手，在那两个月里，他可是一点儿也没有给过她他的消息，她由此推想，他一点儿都没有想她。

怎么对付这样的一种指责，他可早就有了精心的准备。他做了一个表示疲倦的动作，对那女郎说，她根本想不到他刚刚度过了多么可怕的两个月。露辛娜问他出了什么事，但小号手不愿意谈及细节。他只是满足于回答说，他因一种重大的忘恩负义而痛苦万分，他突然发现自己孤零零地处身在这一世界中，没有朋友，没有任何人的情谊。

他有些担心，怕露辛娜会开始问他心中苦恼的种种细节，因为他恐怕会绕在自己的谎言之中。他的担忧显然是多余的。露辛娜刚刚确实带着很大的兴趣得知，小号手度过了一段艰难的时刻，她很乐意地接受了对他两个月时间沉默的这一解释。但是，他那些烦恼的实质到底是什么，她的心中根本就无所谓。对他刚刚经历的这两个月忧郁的时光，只有这种忧愁本身让她感兴趣。

"我特别地想你，如果能帮你忙的话，我也许会非常高兴。"

"我心中那么地充满着厌恶，甚至都怕见到人。一个忧愁的同伴是一个糟糕的同伴。"

"我也一样，我也很忧愁。"

"我知道。"他说着，摸了摸她的手。

"我很早就相信，我已经怀上了你的孩子。而你始终杳无音信。但是，我会留下这孩子的，就算你不来看我，就算你永远也不想再见我的面。我心里想好了，就算我以后会孤独一人，我至少还有你的这个孩子。我永远也不接受去做什么人工流产。不，我永远也不接受……"

克利玛不知道怎样开口说话了；一阵无言的恐怖牢牢地攫住了他的心。

很幸运的是，无精打采地伺候着顾客的侍者正好从他们的桌子前走过，问他们需要些什么。

"一杯白兰地，"小号手说，接着，他立即改口道，"两杯白兰地。"

又是一阵子沉默，接着，露辛娜低声重复道："不，我永远也不要去做什么人工流产。"

"别说这样的话，"克利玛反驳道，他又回过神来，"这不是你一个人的事。一个孩子，那可不是女人一个人的事情。那是一对男女的事情。必须让两个人都同意，要不然，结果肯定会很糟糕。"

说完这话，他才明白，他刚才已经间接地承认了他是孩子的父亲。从此，他每次跟露辛娜谈论时，都将在这一供认的基础上进行。尽管他知道，他是在按照一个计划行事，他知道，这一让步是事先设定的，但这归于无用，他被他自己说出口的话给吓住了。

但是，侍者已经给他们端来两杯白兰地：

"请问，您就是克利玛先生，那位小号手吗？"

"是的。"克利玛说。

"厨房的姑娘们认出您了。那海报上的像就是您吗？"

"是的。"克利玛说。

"看来，您可是从十二岁到七十岁的所有女人的偶像啊！"侍者说。他又对露辛娜说："所有的女人对您都羡慕得不得了，恨不得把您的眼珠子给挖出来呢！"在他远去的时候，他还好几次回头，跟个熟人似的放肆地朝他们送来微笑。

"不，我永远也不同意去把他打掉，"露辛娜重复道，"你也一样，有一天，你将很幸福地得到他。因为，你明白，我对你绝对没有任何的要求。我希望，你不要想象我会向你索要什么东西。你可以完全放心。这只是我自己的事情，假如你愿意的话，你什么都别去管好了。"

对一个男人来说，没有什么能比这样一番安慰人的话更让他揪心的了。克利玛突然感觉到，他一下子没有了力气，什么都挽救不了，他觉得最好还是抛弃这一番计划。他一声不吭，露辛娜也一声不吭，以至于她刚才说的那些话牢牢地扎根在寂静中，小号手在那些话前面感到越来越束手无策，无能为力。

但是，他妻子的形象浮现在他的脑海中。他知道他不应该放弃。于是，他挪动着自己放在独脚桌子大理石台面上的手，直到碰上露辛娜的手指头。他握住她的手指头，说：

"把那个孩子忘记一分钟吧。孩子根本就不是最重要的。你认为，我们两个人，我们就没有别的话可说了吗？你认为我仅仅是因为这个孩子才特地前来看你的吗？"

露辛娜耸了耸肩膀。

"最重要的是，没有了你，我就感到忧郁。我们彼此见面只有很短的一段时间。然而，我没有一天不是在想着你。"

他又闭住了嘴，露辛娜提醒他："在整整两个月中，你连一次都没有给过我你的消息，可是我给你写过两次信。"

"这不应该怪我，"小号手说，"我是特意不给你我的消息的。我不愿意。我害怕发生在我身上的东西。我抵抗着爱情。我想给你写一封长长的信，我甚至好几次已经动笔在信纸上写了，但是，最后，我又把信纸扔了。我从来没有过这样，爱情之火从来没有在我的心中燃烧得那样旺，我真的被吓坏了。为什么不敢承认它呢？我也想让自己确信，我的感情不是一种暂时的迷惑，而是别的。我对自己说：假如我还能再这样地持续一个月，那么，我从她身上感受到的就不是一种幻觉，就是真实了。"

露辛娜缓缓地说道："那你现在是怎么想的，难道不是一个幻觉吗？"

听了露辛娜的这句话，小号手明白，他的计划开始成功了。于是，他的手一刻也不再松开那女郎的手，并继续说话，话语对他变得越来越容易了：现在，既然他已经来到了她的面前，他明白，他没有必要让自己的感情经受更长期的考验，因为一切都已经清楚。他不愿意谈那个孩子，因为对他来说，最重要的，不是孩子，而是露辛娜。恰恰是能赋予她肚子里的孩子以某种意义的东西，在召唤他，他，克利玛，召唤他来到露辛娜身边。是的，她肚子里怀上的这个孩子召唤他来到这里，来到这个小小的温泉城，并且使他发现，他爱露辛娜到了什么程度，而正是为了这个（他举起了他那一杯白兰地），他们应该为这个孩子干杯。

当然，话一说完，他立即又害怕起这可怕的干杯来，真不该让自己那一番激昂的话语把自己拖进这里头去。但一言既出，驷马难追。露辛娜举起酒杯，喃喃道："是的，为了我们的孩子。"接着，她一口喝干了她的白兰地。

小号手很快就用其他的话让自己忘记了这一不吉利的干杯，他又一次肯定地说，他每一天都在想着露辛娜，甚至每一天中的每一小时都在想。

她说小号手在首都肯定被美女包围着，他肯定有比她更有趣的女人。

他回答她说他讨厌透了她们的穷奢极欲和她们的矫揉造作。他喜欢露辛娜远远地胜过她们所有人，他只是遗憾她住得离他太远了。她难道不打算到首都去工作吗？

她回答说她更喜欢首都。但是要在那里找一份工作并不是那么容易的。

他屈尊地微笑着说他在首都的各家医院有许多熟人，他可以毫无困难地帮她找到工作。

他就这样跟她说了好长一段时间的话，一直没有松开她的手，甚至没有注意到有一个陌生的年轻姑娘走近他们身边。她根本不顾是不是会惹得别人讨厌，就热情洋溢地说："您就是克利玛先生吧！我一下子就认出您来了！我只想请您为我签一个名！"

克利玛脸红了。他在一个公共场所，在众目睽睽之下，拉着露辛娜的手，对她作了一番爱情的表白。他想象自己在这里就如同在一个圆形剧场的舞台上，整个世界都变成了好奇的观众，怀着一种恶意的笑观看他为生命而作的斗争。

小姑娘递给他一张纸，克利玛本来想快快地给她签上名了事，但是，他没带钢笔，而她也没有带笔。

"你没带笔吗？"他支支吾吾地问露辛娜，确实，他是支支吾吾地说着，生怕那个小姑娘发现他对露辛娜用"你"相称。然而，他立刻又意识到，以"你"相称远比不上抓着露辛娜的手更表示亲密，就更响地重复了一下他的问题："你没带笔吗？"

但是露辛娜摇了摇头，小姑娘就回到她自己的桌子上去拿笔，那边的许多少男少女立即趁此机会，争先恐后地跟着小姑娘扑向克利玛。他们递给他一杆笔，从一个小笔记本上撕下一页页纸，他只得在上面签上自己的姓名。

从计划的角度来看，一切发展得很顺利。他俩之间亲密关系的证人越是众多，露辛娜就越容易相信她被他爱着。然而，再推理也没有用，非理性的忧虑将小号手掷入了惊惶之中。他心中突生念头，觉得露辛娜跟所有那些人早有默契。在一种混混沌沌的幻象中，他想象他们全都正在指控他是那个孩子的父亲：是的，我们看见他俩了，他们像情人那样面对面地坐在桌子前，他抚摩着她的手，他含情脉脉地看着她的眼睛……

小号手的忧虑因虚荣心而更为加重；确实，他并不认为露辛娜漂亮得足以让他伸手去抓住她的手。这样做对露辛娜有些不公正。事实上，她比她现在在他眼中显现的样子要漂亮得多。跟情郎眼里出美女是同样的道理，一个可疑女子在我们心中引起的忧虑，会使她容貌中的白璧微瑕变成巨大的疮疤……

"我觉得这地方太不方便了，"等那拨年轻人走开后，克利玛说，"你不想我们开车去兜一圈吗？"

她很想看一看他的汽车是什么样的，就同意了。克利玛付了账，他们走出饭馆。对面是一个街心广场，有一条很宽的土路，路面上铺着黄沙。大约有十来个男人站在那里，面冲着饭馆。他们中大多数是老头儿，穿着皱巴巴的衣服，袖子上戴着红袖章，手中握着长长的杆子。

克利玛见状大为惊讶："这是怎么回事……"

露辛娜回答道："没什么，给我看看，你的汽车在哪里。"她拉着他加快了脚步。

但是克利玛的目光无法离开那些男人。他不明白那些长长的，顶端带有铁丝圈的杆子到底是做什么用的。或许，他们是负责点煤气灯的点灯人，是捕捞活鱼的渔民，是装备了神秘武器的一队民兵。

当他细细地观察他们时，他觉得那些人当中有一个人在冲他微笑。他害怕起来，他甚至有些害怕自己，他对自己说，他开始因幻觉而痛苦，开始在任何人身上看出某个要追踪他、观察他的人。他便由着露辛娜把他拖到停车场。

9

"我想跟你一起远远地离开这里,"他说。他伸出一条胳膊,搂着露辛娜的肩膀,用左手握着方向盘,"到南方的某个地方。我们开车走在海边悬崖长长的公路上。你熟悉意大利吗?"

"不熟悉。"

"那么,答应我,跟我一起去那里吧。"

"你是不是有些太夸张了?"

露辛娜只是出于谦虚才说的这句话,但是,小号手却立即为自己辩白起来,就仿佛这一声你是不是有些太夸张针对的就是他蛊惑人心的说法,是她一下子就把它揭穿了似的。然而,他已经无法再后退了:

"是的,我太夸张了。我总是有些疯狂的念头。我就是这样的人。但是,我跟别的人不一样,我会实现我那些疯狂的念头。请相信我,再没有比实现疯狂的念头更漂亮的事情了。我真希望我的生活仅仅是一系列疯狂的念头。我真希望我们再也不回温泉城去,我真希望就这样把车继续开下去,始终不停,一直开到大海边。在那里,我会在一个乐队中找到我的位置,我们沿着海岸,从一个疗养地走到另一个疗养地。"

他把汽车停在一个地方，从那里可以看到一片美丽的景色。他们下了车，他提议去森林里散散步。他们迈开步子，走了一会儿，然后在一条木椅子上坐下来，那些椅子是在往昔年代里造的，那时候，人们很少开车出行，人们更习惯来森林里远足。他一直搂着露辛娜的肩，突然带着忧伤的口气说：

"所有的人都以为我生活得很愉快。这可是最严重的错了。实际上，我十分不幸。不光是这几个月以来，而且是好几年以来。"

如果说，露辛娜认为去意大利旅行的想法实在有些过分，并且带着某种模模糊糊的疑虑对待它（她的同胞中很少有人能够去外国旅行），那么，克利玛最后几句话里弥散出的忧郁气氛，对她来说却带有一种惬意的芬芳。她嗅着，就像在闻着一块烤肉。

"你怎么还会不幸呢？"

"我怎么还会不幸……"小号手叹了一口气。

"你那么有名，你有一辆漂亮的汽车，你有钱，你有一个漂亮的妻子……"

"是的，兴许很漂亮……"小号手不无苦涩地说。

"我知道了，"露辛娜，"她不再年轻了。她的年纪跟你差不多，是吗？"

小号手明白，露辛娜对他妻子的底细无疑已经了如指掌，不禁怒火中烧。但他还是继续说道："是的，她的年纪跟我差不多。"

"可是你，你还不老。你看起来像个小伙子。"露辛娜说。

"只不过，一个男人需要一个更年轻的女人，"克利玛说，"而且，一个艺术家比随便什么人更是如此。我需要青春年华，你是不会知道的啊，露辛娜，我看重你的青春年华到了什么程度。有时候我也想，我不能再这样继续下去了。我感觉到一种狂热的欲望，要解放自己。一切重新开始，换一个活法。露辛娜，你昨天来的电话……我突然有了一种坚信，觉得那是命运传达给我的一个信息。"

"真的吗？"她温柔地问道。

"你知道为什么我立即就给你回了电话？一下子，我就感觉到我不能再浪费时间了。我必须马上见到你，马上就见，马上……"他闭上嘴，久久地盯着她看：

"你爱我吗？"

"是的，你呢？"

"我爱你爱得发狂。"他说。

"我也是。"

他朝她俯下身，把他的嘴巴压在她的嘴巴上。这是一张鲜艳的嘴，一张年轻的嘴，一张漂亮的嘴，柔软的嘴唇轮廓勾勒得很美，洁白的牙齿保护得很精心，一切都没有改变，一点儿没错，就在两个月之前，他屈服于诱惑，亲吻了这对嘴唇。但是，恰恰是因为这张嘴那时候诱惑了他，他透过欲望的浓雾隐约瞥见它，却不知道它真正的模样：舌头像是一团火焰，津液就是一口令人陶醉的美酒。只是在现在，在丢失了它的诱惑之后，这张嘴才突然恢复了它原来的样子，成了真正的嘴，就是说，那个兢兢业业的口子，通过它，那女郎已经消化了若干立方米的面团、土豆和菜汤，牙齿上带有少量的充填物，津液不再是一口令人陶醉的美酒，而只是唾沫的难兄难弟。小号手的嘴里满是她的舌头，活像是一团不好吃的食物，根本无法下咽，却又不好意思吐出来。

亲吻终于结束，他们挺起身子，又走了起来。露辛娜几乎很幸福，但她心里非常清楚，她给小号手打电话的目的，她迫使他前来这里的目的，还没有在他们的谈话中涉及，这很奇怪。她并不渴望长时间地讨论那个问题。相反，他们现在说的话，在她看来，才是更令人愉快的，才是更重要的。然而她还是想让那个目的——眼下在寂静中潜行着——摆到桌面上来，哪怕是悄悄地、秘密地、不动声色地提出来。正因如此，当克利玛在一番山盟海誓的爱情表白之后，说他为了能跟露辛娜一起生活而什么都愿意做的时候，她就指出：

"你真是好心，但是，我们必须提醒我们自己，我已经不再是一个人了。"

"是的。"克利玛说。他知道，自从最开始的一分钟以来，现在才是他担忧的时刻，他那蛊惑人心的话语能不能奏效，全看眼下能不能一针见血了。

"是的，你说得对，"他说，"你不是一个人。但这根本就不是问题的关键。我想跟你在一起，是因为我爱你，而不是因为你怀孕了。"

"是的。"露辛娜说。

"再也没有什么比一次婚姻更可怕的事情了，除了一个不小心怀上的孩子之外，它就没有任何的存在理由了。还有，我亲爱的，如果你想听我对你说一句真心话的话，我愿意你重新变得跟以前一样。只有我们两个人，没有任何别人在我们俩之间。你明白我的话吗？"

"哦不，这是不可能的，我不能接受，我永远也不能。"露辛娜表示反对。

就算她说了这番话，也不意味着，她从心底里已经坚定不移了。两天前她从斯克雷塔大夫那里得到的确切消息，还是那么的新鲜，至今她仍然有些窘迫。她并没有在依照一个精心策划的计划行事，但她满脑子想的是她已经怀孕了，她正经历着人生的一个重大时刻，这对她来说是一种运气，一个机会，它们可不是轻易就能碰上的。她就像是国际象棋中刚刚冲到底线的小卒子，已经变成了王后。一想到她具有了前所未有的意外能力，她就欣喜万分。她证实了，只要她一召唤，万物就会开始动摇，赫赫有名的小号手从首都赶来看她，带着她在一辆豪华的轿车里兜风，向她表白爱情。她不能怀疑，在她的怀孕和这种突如其来的强大权力之间，有着一种关系。假如她不想放弃这种强权的话，那么，她就不能中止她的妊娠。

因此，小号手不得不继续滚他的岩石："我亲爱的，我想要的，不是一个家庭，而是爱情。对我来说，你就是爱，而要是有了一个孩子，爱情就将让位给家庭，给烦恼，给忧虑，给平淡。情人让位给母亲。对于我，你不是一个母亲，而是一个情人，我不愿意跟任何人来分享你，甚至不愿意跟一个孩子。"

这是一些美丽的词句，露辛娜满心喜悦地听着，但她摇了摇头："不，我不能够。这毕竟是你的孩子。我不能够丢弃你的孩子。"

他再也找不出新的理由来，他一个劲地重复着相同的词语，他甚至怀疑，她最终会猜出其中的虚伪。

"你毕竟已经三十多岁了。你难道从来没想过要一个孩子吗？"

确实，他从来没想过要一个孩子。他太爱卡米拉了，如果在她身旁出现一个孩子的话，他会很别扭的。他刚刚对露辛娜说的话，并不是一个简单的发明。多年以来，确实，他恰恰一直在对他妻子说着同样的话，出于真心，毫不做作。

"你结婚已经六年了，你们没有孩子。我是那么开心能为你生一个孩子。"

他看到，一切都转过来不利于他了。他对卡米拉极其例外的爱，使露辛娜相信他妻子的不育，给了女护士不合时宜的大胆。

天气开始有些转凉，太阳落到了地平线上，时间匆匆过去，克利玛继续重复着已经说过的话，而露辛娜也在重复她的不，我不能够。他感觉自己进入一条死胡同，不知道该怎么办才好了，他想，他的一切都将失去了。他是那么的神经质，甚至都忘了抓住她的手，忘了拥吻她，忘了在他的嗓音中灌进去一些温柔。他不无恐惧地发现了这一点，竭力想使自己镇静下来。他闭上了嘴，朝她莞尔一笑，把她搂入怀中。这是疲劳的拥抱。他把她紧紧地搂住，脑袋紧贴着她的脸，这是一种寻找依靠的方式，是歇息和喘息的方式，因为他似乎觉得，他还有长长的路途要走，而他现在已经没有力气了。

　　但是，露辛娜也同样背靠着墙。跟他一样，她也已经找不出理由了，她觉得，她不能长久地满足于对她要说服的那个男人重复那一声声不。

　　拥抱持续了很长一段时间，当克利玛让露辛娜在自己的怀抱中滑走时，她低下脑袋，带着一种屈从的嗓音说："那么，你给我说说我该怎么办吧。"

　　克利玛有些不敢相信自己的耳朵。那是一些不期而至、意料之外的话，那是一种巨大的轻松。这轻松如此巨大，以至于他需要作出一种极大的努力才能控制住自己，不露出太明显的惊讶。他抚摩着女郎的脸蛋说，斯克雷塔大夫是他的一个朋友，露辛娜需要做的一切，就是在三天之后到他的委员会去一趟。他会陪她一起去的。她没有什么好害怕的。

露辛娜没有反抗，他的渴望又重新涌起，想继续扮演他的角色。他抱住她的肩膀，不时地停下来吻她（他的幸福是那么的巨大，使得亲吻重又覆盖上了一层厚厚的迷雾）。他重复地说，露辛娜应该搬到首都来住。他甚至重复着去海边旅行的话。

随后，太阳消失在了地平线后面，森林中的昏暗浓密起来，一轮明月出现在松树的梢尖上。他们返回来找车子。快到达公路时，他们发现一束光亮正照着他们，一开始，他们以为附近有一辆汽车经过，是车灯发出的光，但他们很快就明白，那灯光一直就没有离开过他们。灯光来自停在公路对面的一辆摩托车；一个男子坐在车子上，正观察着他们。

"快走，我求你了！"露辛娜说。

当他们来到汽车旁时，坐在摩托车上的男子站起身子，迎着他们走过来。小号手只辨认出一个黑黝黝的身影，因为停在那里的摩托车正从背后照亮了那人，而小号手的眼睛则被灯光晃得厉害。

"到这里来！"那男人一边说，一边冲向露辛娜，"我有话对你说。我们有话要说清楚！很多的话！"他叫嚷着，那是一种糊涂和神经质的嗓音。

小号手也有些糊涂和神经质，他所感受到的一切，只是一种面对着不尊重他人时的愤怒："小姐是和我在一起的，不是和您。"

他声明道。

　　"您也一样，我有话对您说，您要知道！"陌生人冲小号手大声嚷着，"您以为，因为您很有名，您就可以为所欲为了吗！您还想再诱骗她吗！您可以使她神魂颠倒！这对您来说很简单！我也一样，我站在您的地位上，我也可以做得跟您一样！"

　　露辛娜趁着摩托车手对小号手说话的当儿，钻进了汽车。摩托车手跳向车门，但是车窗玻璃关死了。女郎摁下收音机按钮，汽车里传出嘈杂的音乐声。随后，小号手也钻进汽车，啪地关上了车门。音乐震耳欲聋。透过车窗玻璃，他们只隐约看到一个男人的身影，挥舞着胳膊，在那里叫喊着什么。

　　"这是一个疯子，到处跟踪我，"露辛娜说，"快，求你了，开车吧！"

10

他停好车，陪露辛娜来到卡尔·马克思公寓，给了她一个吻，当她消失在大门后面时，他感到一种极度的疲劳，仿佛四个夜晚没有睡觉似的。时间已经晚了。克利玛很饿，觉得没有力气坐到方向盘前来开车了。他渴望听到伯特莱夫令人舒心的话，便穿过公园走向里奇蒙大厦。

来到大门口前，他被路灯照亮着的一张大幅海报吓了一跳。上面写着他的名字，字体很大，书法糟糕，在他的名字底下，用小一些的字体写着斯克雷塔大夫和药剂师的名字。海报是手写的，配有很业余的一幅素描，画的是一把金灿灿的小号。

小号手认为这是个好兆头，斯克雷塔大夫果然是雷厉风行，这么迅速就打出了音乐会的广告，这样敏捷的出手在他看来似乎说明，斯克雷塔是一个值得信赖的人。他小跑着爬上楼梯，敲响了伯特莱夫的门。

没有人回答。

他又敲了一阵，又是一阵沉默。

他还来不及想到自己可能来得不是时候（这个美国人以他跟

众多的女人有染而闻名遐迩），他的手已经握住了门把手。门并没有锁。小号手进了房间，停住脚步。他什么都没有看到。他只看到从房间的一角发出的一种亮光。那是一种奇怪的亮光；它既不像霓虹灯白色的冷光，也不像是电灯泡黄色的热光。那是一种有些发蓝的光，充满了整个房间。

这时候，一个迟来的思想传到小号手发僵的手指头上，提醒他，他可能冒冒失失地走进了别人的房间，在那么晚的时候，又没有受到邀请。他为自己的无礼感到害怕，退身走出房间，小心翼翼地带上房门。

但是，他已经陷入一种如此的迷糊中，他不仅没有走掉，反而像钉子一样地留在门前，竭力想弄明白那种奇怪的光到底是什么。他想，美国人兴许在房间里脱得赤身裸体，用一盏紫外线灯来晒某种光浴。这时候，门打开，伯特莱夫出现了。他没有赤身裸体，他穿着上午穿的那一身衣服。他对小号手微微一笑，说："我很高兴您能过来看我。请进吧。"

小号手好奇地走进房间，但是房间已经被天花板上悬挂着的一盏普通吊灯照得大亮。

"我怕我会打扰您。"小号手说。

"哪儿的话！"伯特莱夫回答说，指了指窗户，刚才，小号手以为光亮的源头就来自那里，"我在沉思。如此而已。"

"当我进来时，请原谅我这样不请自入，我看见一种完全异乎

78

寻常的光亮。"

"一种光亮!"伯特莱夫说,接着便哈哈大笑起来,"您不应该把这次怀孕看得过于严重,它已经让您产生幻觉了。"

"或者,这兴许是因为,我刚刚走过一条陷于黑暗中的走廊。"

"可能是吧,"伯特莱夫说,"但是,请告诉我,事情最后怎么样?"

小号手开始讲起来,伯特莱夫过了一会儿就打断他的叙述:"您是不是饿了?"

小号手点头示意,伯特莱夫从柜子里拿出一包饼干和一个罐头火腿,立即替他打开。

于是,克利玛一边继续讲他的故事,一边狼吞虎咽地吃着他的晚餐,他还带着一种疑虑的神气瞧着伯特莱夫。

"我认为一切都将得到完美的结局。"伯特莱夫说,顿时来了精神。

"依您看,在汽车旁等着我们的那个家伙是谁?"

伯特莱夫耸了耸肩膀:"我一无所知。无论如何,这都没有任何的关系。"

"没错。不过,我还要好好地考虑一下,怎么来向卡米拉解释,这次报告会持续那么长的时间。"

时间已经很晚了。小号手精神抖擞地、心情轻松地坐进他的汽车,朝首都驶去。在整个路途中,一轮又圆又大的明月一直伴随着他。

第三天

1

现在是星期三早晨，温泉疗养院又一次从沉睡中苏醒，迎来愉快的一天。一股股水流溅落到浴池中，按摩师捏揉着赤裸裸的脊背，一辆小轿车刚刚停在停车场上。不是昨天停在同一地方的那种豪华轿车，而是一辆普通轿车，就像人们在这个国家里到处都能看到的那种。坐在方向盘前的男人大约有四十五岁的年纪，他单独一人。后排的座位上塞满了行李。

男人下了车，锁上车门，往停车场看管人的手中塞一枚五克朗的硬币，就朝卡尔·马克思公寓走去；他始终沿着走廊走，一直来到一道上面写着斯克雷塔大夫名字的门前。他走进候诊厅，敲了敲诊室的门。一个女护士探出头来，男人做了自我介绍，斯克雷塔大夫上前来迎接他：

"雅库布！你是什么时候来的？"

"刚来的！"

"太妙了！我们有那么多的事情要讨论。听我说……"他思索了一会儿后又说，"我现在无法离开。你干脆跟我一起来检查室吧。我给你找一件工作服。"

雅库布不是医生，而且从来没有进过妇科诊所。但是斯克雷塔大夫已经一把抓住他的胳膊，把他带进一个白色的房间，里面有一个脱了衣服的女人，躺在检查台上，两腿大大地叉开着。

"给这位大夫一件工作服。"斯克雷塔大夫对护士说。女护士打开一个大衣柜，递给雅库布一件白色的工作服。"过来看，我想让你来证实一下我的诊断。"他对雅库布说，请他靠近女病人，而那位女病人，显然很满意，以为有两位医学权威前来探察她卵巢中的奥秘，而她的卵巢，尽管已经做出了极大的努力，还是没有生出任何的后代。

斯克雷塔大夫重新开始触摸女病人的肚子，念叨了几个拉丁语的词语，雅库布对此的反应则是低声的埋怨，然后，大夫问道："你要待多长时间？"

"二十四小时。"

"二十四小时？这也实在太短了，我们什么也讨论不了！"

"您这样碰我，都把我弄疼了。"那个高翘着双腿的女人说。

"就应该有一点点疼，没有事的。"雅库布说，逗着他的朋友。

"是的，大夫说得对，"斯克雷塔说，"没有事的，很正常。我要为您做一系列的注射。您每天早晨六点钟来我这里，好让护士给您注射。现在，您可以穿衣服了。"

"实际上，我来这里是向你告别的。"雅库布说。

"怎么，要告别？"

"我要去外国。我获得了移民许可。"

说话间，女病人穿好了衣服，她向斯克雷塔大夫和他的同事告辞。

"这真是一大惊奇事！我根本没有想到！"斯克雷塔大夫惊讶地说，"我去把那些讨厌的女人打发回家吧，既然你是来向我告别的。"

"大夫，"女护士插进来说，"您昨天已经打发她们回家一次了。这样下去，到周末，我们的工作将大大地推迟！"

"那么，就叫下一个吧。"斯克雷塔大夫说，叹了一口气。

护士去叫来下一个病人，在她身上，这两个男人漫不经心地瞥了一眼，证实她比刚才那个长得更漂亮。斯克雷塔大夫问她洗温泉浴之后感觉如何，然后就请她脱衣服。

"我等了一段漫长得如同永恒一般的时间，他们才发给我护照。但是随后，只花了两天工夫，我便准备就绪，只等出国了。在出发之前，我不想见任何人。"

"我很高兴，你能来这里看一下。"斯克雷塔大夫说，说着他请那位少妇躺到检查台上去。他戴上一双橡胶手套，把手伸进女病人的肚子里。

"我只想来看看你和奥尔佳，"雅库布说，"我希望她很好。"

"一切都很好，一切都很好。"斯克雷塔说，但是，从他的嗓音听来，他显然并不知道自己在回答雅库布什么。他聚精会神地检查着女病人。"我们将做一次小小的会诊，"他说，"不要害怕，您绝对不会感到什么的。"随后，他走向一个小玻璃柜，从里面拿出一个注射器，上面的针头被一个小小的塑料套筒所代替。

"这是什么东西？"雅库布问。

"在我长年的实践中，我实施了一些极其有效的新方法。你兴许会觉得我太自私自利了，但是，眼下，我把它们看成是我的秘密。"

那个两腿岔开躺在台上的女人问他，语气中更多的是撒娇，而不是惧怕："它不会弄得我很疼吗？"

"一点儿都不疼。"斯克雷塔大夫答道，把注射器插到一个试管中，小心翼翼地操作着。然后他靠近病人，把注射器插进她的两腿之间，慢慢地推着活塞。

"疼吗？"

"不疼。"女病人说。

"我来这里，也是为了把那片药还给你。"雅库布说。

斯克雷塔大夫几乎没有把雅库布最后的那句话听进去。他的心思始终放在病人身上。他把她从头到脚仔细地检查了一遍，严肃认真，若有所思，然后说："像您这样的情况，要是没有孩子的话，那确实是太遗憾了。您的腿那么长，骨盆那么发达，胸廓那么漂亮，相貌也那么楚楚动人。"

他摸了摸病人的脸，拍了拍她的下巴，说："漂亮的颌骨，一切都那么富有曲线。"

然后，他抓住她的大腿："您的骨头坚实无比。简直可以看到它们在肌肉底下闪闪发光。"

好一阵子里，他一边继续夸奖着女病人，一边触摸着她的肉体，而她也并不抗议，当然，她也不发出轻浮的笑声，因为，医生对她身体所产生的兴趣的严肃意义，早已使他的碰触超越了厚颜无耻的界限。

他终于示意她穿上衣服，然后转身向着他的朋友：

"刚才你说什么来的？"

"我说我来归还你的药片。"

"什么药片？"

女人一边穿衣，一边说："那么，大夫，您认为我还有希望吗？"

"我极其满意，"斯克雷塔大夫说，"我想，事情进展得很顺利，我们两个人，您和我，都可以寄希望于一次成功。"

女人连声道谢，离开了诊所，雅库布接着说："好几年前，你给了我一片任何别的人都不愿给我的药。现在我要走了，我想我再也不需要它，我应该把它还给你。"

"你留着它吧！这片药在别处跟在这里一样有用。"

"不，不。这片药属于这个国家。我要把属于这个国家的一切全都留给它。"雅库布说。

"大夫，我要叫下一个病人了。"女护士说。

"打发所有那些病人走吧，"斯克雷塔大夫说，"我今天已经工作得很多了。您将看到，最后那个病人肯定会怀上孩子的。这对一天的工作来说已经够了，不是吗？"

女护士温柔地看着斯克雷塔大夫，然而，没有丝毫服从的意思。

斯克雷塔大夫明白了这道目光："好吧，别叫她们走了，但是，您对她们说，我半个小时之后回来。"

"大夫，昨天您也是说半个小时的，可是到后来，我还得上大街追着找您。"

"不要担心，我的小宝贝，我半个小时之后准保回来。"斯克雷塔说，他请他的朋友把白色工作服还给护士。

然后，他们走出了大楼，穿过公园，他们迎面走向里奇蒙大厦。

2

他们爬上二楼，沿着长长的红地毯，一直来到走廊的尽头。斯克雷塔大夫打开一道门，跟他朋友一起走进一个狭小但很舒适的房间。

"你可真有两下的，"雅库布说，"总是在这里给我留着一个房间。"

"现在，我在这个走廊尽头，为我的特殊病人们留着房间。在你的房间隔壁，有一个漂亮的带转角的套间，以前，那是给部长们和企业家们住的。我让我最珍爱的病人住在那里，他是一个富有的美国人，祖上是这里的人。他也算是我的朋友了。"

"那奥尔佳住在哪里呢？"

"跟我一样，住在卡尔·马克思公寓。她住得还不错，你用不着担心。"

"关键是，有你在照顾她，她的情况如何？"

"神经脆弱的女人常见的那种心烦意乱。"

"我在一封信里，曾向你解释过她经历过的生活。"

"大多数女人来这里是为了治疗不育症。而你的养女，她最好还是不要滥用她可孕的身体。你看到过她的裸体吗?"

"我的老天!从来没有!"雅库布说。

"那好,就看一看她吧!她的乳房娇小得很,挺在她的胸脯上像是两个李子。所有的肋骨全都清晰可见。将来,你要更认真地看一看她的胸廓。一个真正的胸部应该是咄咄逼人的,冲向外部的,它应该伸展开放,就仿佛它要尽可能地消耗外面的空间。相反,有的胸廓却是畏畏缩缩的,面对外部世界时连连后退;简直就像是一件紧身衣,围着躯体越来越紧缩,到最后将躯体彻底窒息。这就是她胸脯的情况。对她说,把它露出来给你看看。"

"我将避免这样做。"雅库布说。

"假如你看到了她的裸体,你担心你会不再把她当作你的养女了。"

"正相反,"雅库布说,"我担心我会更加怜悯她。"

"我的老兄,"斯克雷塔说,"那个美国人可真是一个极其好奇的家伙。"

"我到哪里可以找到她?"雅库布问道。

"找谁?"

"奥尔佳。"

"眼下,你可是找不到她的。她正在接受治疗。整个上午她都要在浴池中度过。"

"我不想错过她。可不可以叫她一下?"

斯克雷塔大夫抓起电话听筒，拨了一个号，同时并没有中断跟他朋友的谈话："我想把他介绍给你，你必须跟我一起好好研究他。你是一个优秀的心理学家。你将看透他的心。我对他另有所图。"

"图什么？"雅库布问道，但是斯克雷塔大夫已经在对着话筒说话了：

"是露辛娜吗？您怎么样？……您不必担忧，在您目前的情况下，那些不适都是很正常的现象。我想问问您，现在，在您的浴池中，是不是有一个我的病人，就是住在您隔壁的那个女人……是吗？那好，您告诉她，首都有一个客人来看望她，千万不要让她走开……是的，中午时候，他在浴疗中心前面等她。"

斯克雷塔挂上了电话。"你看，你也都听见了。中午你就可以找到她。哎呀，真见鬼，我们刚才说什么来的？"

"那个美国人。"

"对了，"斯克雷塔说，"这是一个好奇透顶的家伙。我治愈了他的妻子。他们不能生孩子。"

"那么他呢，他在这里治什么病呢？"

"心脏。"

"你说你对他另有所图。"

"说来真有些丢人，"斯克雷塔有些忿忿然，"在这个国家里，一个医生为了生活得像样些而被迫这样做！克利玛，著名的小号手，来这里了。我要为他伴奏打击乐！"

雅库布并不太拿斯克雷塔的话当真，但他还是装出惊讶的样子："怎么，你还演奏打击乐？"

"是啊，我的朋友！我还能做什么，既然我就要有一个家庭了！"

"怎么！"雅库布叫嚷起来，这一回是真的惊讶了，"一个家庭？你该不是说，你结婚了？"

"正是。"斯克雷塔说。

"跟苏茜吗？"

苏茜是温泉疗养院的一个女大夫，多年来一直是斯克雷塔的朋友，但是，直到目前为止，他总是在最后的一刻成功地摆脱了婚姻。

"是的，跟苏茜，"斯克雷塔说，"你很清楚，每个星期日，我都跟她一起爬山上到山顶的小亭子去。"

"这么说，你毕竟还是结婚了，"雅库布带着一种伤感的口气说。

"我们每一次爬山，"斯克雷塔继续道，"苏茜都试图劝服我说我们俩应该结婚。我爬山爬得如此疲惫不堪，竟感觉自己老了，我感到我再也没有别的路可走，只剩下结婚一条路了。但是，到最后，我始终还是控制住了自己。当我们从小亭子下来时，我又感到精力充沛，再也不打算结婚了。但是，有一天，苏茜让我们绕了一段弯路，上山花费了那么长的时间，以至于我还没有爬到山顶，就已经同意结婚了。而现在，我们正等着一个孩子的出生，我应该稍微多想想钱了。这个美国人在画圣徒的画像。可以拿这个发大财。你以为如何？"

"你认为圣徒像的买卖有市场吗？"

"有一个前景辉煌的市场！我的老兄，你只要在教堂的边上搭一个棚子，到了朝圣的日子，一张画卖它一百克朗，你就发财了！我可以替他去卖，然后我们对半分成。"

"而他，他会同意吗？"

"这家伙有钱，钱多得不知道怎么花了，我当然不会成功的，我说服不了他跟我一起做生意。"斯克雷塔说着，骂了一句粗话。

3

　　奥尔佳清清楚楚地看到，女护士露辛娜在浴池边上朝她做手势，但她还是继续游着水，假装没有看见她。

　　这两个女人彼此不喜欢。斯克雷塔大夫让奥尔佳住在露辛娜隔壁的一个小房间里。露辛娜习惯把收音机开得很响，而奥尔佳则喜欢安静。她敲了好几次墙壁，而作为回答，女护士反而把音量开得更大。

　　露辛娜固执地做着手势，终于成功地通知病人，首都来的一个客人中午等她。

　　奥尔佳明白那肯定是雅库布，心中感到一种巨大的喜悦。很快，她又对这种喜悦大为惊讶：一想到要再见他的面，我怎么会感受一种如此的愉快呢？

　　确实，奥尔佳是那类现代女性，很愿意分裂为双重性格，既做一个经历着的人，又做一个观察着的人。

　　但是，即便是作为观察者的奥尔佳也会心花怒放。因为，她心里很清楚，若是奥尔佳（经历着的那个）如此冲动地愉悦着，那是彻底地出了格的，因为她心怀恶意，这种出格才令她快乐。

一想到假如雅库布了解到她欢乐的强度，可能会惊诧不已，她不禁微笑起来。

浴池上方时钟的针已经指着中午十二点差一刻。奥尔佳自询着，假如她搂住他的脖子，满怀爱意地亲吻他，雅库布会如何反应。她游到池边，爬出水池，到一个小隔间去换衣服。她稍稍有些遗憾，没能够一大早就得知雅库布的来访。不然，她会特地挑一身衣服的。现在，她穿的只是一身灰色的普通服装，跟她的好心情很不相配。

有许多时候，比如说，当她刚才在浴池里游泳的那一会儿，她完全忘记了她的外表。但是，现在，当她站在更衣室小镜子前，她看到了自己的那一身灰色衣服。就在几分钟之前，想到她可以搂住雅库布的脖子，热情地亲吻他，她还怀着恶意微笑着。只不过，当她的脑子里涌现这一想法时，她还在浴池里，她游着水，没有了躯体，像是一个脱离了躯壳的思想。现在，她突然有了一个躯体，还有一身普通的衣服，她离那个欢快的幻象相距好几百里之遥，她知道，她恰恰就是那种模样，是雅库布一直看到她时的模样，太可气了：一个小姑娘，可怜巴巴的，需要帮助。

假如奥尔佳的样子稍稍再傻里傻气一些，她恐怕就会显得十分漂亮。但是，由于这是一个聪明的小姑娘，她就总是觉得自己比实际上要更丑一点，因为，说实话，她既不丑陋，也不漂亮，任何一个有着正常审美趣味的男人，都会很愿意跟她过夜。

但是，既然奥尔佳很乐意具有双重性格，而且在眼下，观察着的奥尔佳替代了经历着的奥尔佳：那么，她是像这个样子还是像那个样子又有什么关系？为什么还要为一面镜子中的一个映像而自寻烦恼？她难道只是男人眼中的尤物，而不是别的东西吗？她难道只是自动投到市场上的一件商品吗？她难道不能独立于她的外表，至少在任何一个男人的眼中是如此？

她走出浴疗中心，她见到一张激动而又慈祥的脸。她知道，他不会向她伸出手来，只会来抚摩她的头发，就像对待一个乖乖的小女孩那样。果不其然，他就是这样做的。

"我们上哪里吃饭呢？"他问。

她建议去疗养者食堂就餐，她的桌子上正好有一个空位子。

食堂是一个巨大的厅堂，摆满了餐桌，就餐者挤在桌前，济济一堂。雅库布和奥尔佳坐下来，久久地等着一个女服务员给他们的汤盘中盛上菜汤。还有另外两个人坐在他们那张桌子上，他们试图介入到与雅库布的谈话中来，并立即把他归属于疗养者的大家庭中。于是，雅库布只能在餐桌上的闲聊中间，只言片语地询问奥尔佳一些日常生活的细节：她满意这里的饮食吗？她满意这里的医生吗？她满意这里的治疗吗？当他问她住在哪里时，她回答说她有一个可恶的女邻居。说罢，她晃一晃脑袋，示意一下附近的一张餐桌，露辛娜正在那里就餐。

他们的同桌对他们打了一声招呼后就离开了，这时，雅库布

96

说，目光一直盯着露辛娜："在黑格尔的作品中，有一段关于希腊人侧面像的好奇的思索，在黑格尔看来，希腊人的美来自一个事实，他们的鼻子跟脑门形成唯一一条直线，这就突出了脸的上半部，这是智慧和精神所在之处。看着你的女邻居时，我证实了，她的整张脸却是以嘴巴为中心的。瞧瞧，她那么认真地咀嚼着，同时又那么大声地说着话。见到这张赋予了下半部、赋予了动物性部分以重要性的脸，黑格尔可要倒胃口了，然而，这个引起我反感的姑娘，我也不知道为什么会反感，却是非常的漂亮。"

"你觉得她漂亮？"奥尔佳问道，她的嗓音泄露了她的敌意。

于是，雅库布赶紧说："反正，我很害怕会被这一张反刍动物的嘴咬得粉碎。"他还补充说："黑格尔会更满意你。你的脸的焦点，恰好在脑门上，它立即告诉了所有人你的聪明才智。"

"这样的推理简直让我无地自容。"奥尔佳激动地说，"他们都想说明，一个人的相貌是他心灵的印证。这是绝对无意义的。我想象我的心灵应该配有一个又长又尖的翘下巴，还有一对肉感的嘴唇，然而，我只有一个很小的下巴，一张很小的嘴。假如我从来没有照过镜子，假如我必须按照我所熟悉的我的内心，来描绘我的外貌，那么，我描绘出的自己这幅肖像，根本就不会像是你瞧着我时所看见的样子！"

4

很难找到一个恰当的词，来形容雅库布对奥尔佳的行为态度。她是他一个朋友的女儿，还在她只有七岁时，这位好友就被判处死刑。雅库布当机立断，由他来监护这个可怜的小孤儿。他自己没有孩子，这种没有约束的父爱很让他着迷。像玩游戏似的，他把奥尔佳叫作他的养女。

他们现在到了奥尔佳的房间。她打开一个电炉，把一个盛了水的小锅搁在炉子上，雅库布明白，他无法做出决定，告诉她他来访的目的。他不敢向她宣布，他是前来跟她告别的，他担心这消息会产生一种过于悲怆的能量，在他们之间制造出一种他认为不太适宜的情感气氛。好久以来，他怀疑她已经偷偷地爱上了他。

奥尔佳从柜子里拿出两个杯子，倒进已经磨好的咖啡，然后，冲上开水。雅库布在杯子里放一块糖，拿匙子搅着，然后，他听到奥尔佳对他说："请你说一说，雅库布，我的父亲到底是一个什么样的人？"

"为什么问这个？"

"他确实没有什么可指责自己的吗？"

"你都在想一些什么啊！"雅库布很是惊讶。不久前，奥尔佳的父亲已经得到正式平反，这个被判处死刑并执行的政治家的清白已经得到公开的承认。没有任何人再有什么怀疑了。

　　"我想说的不是这个，"奥尔佳说，"我想说的恰好相反。"

　　"我不明白你的意思。"雅库布说。

　　"我在问我自己，他是不是正好也做过别人对他所做的事。在他和那些把他送上绞刑架的人之间，没有丝毫的区别。他们有着相同的信仰，他们都是同样的狂热者。他们都坚信，哪怕是最小的分歧，也会让革命遭受一种致命的危险，他们都疑虑重重。他们以神圣事业的名义打发他去死，而他自己也相信这个神圣事业。那么，为什么他就不会以别人对待他的同样方式去对待别人呢？"

　　"时间过得实在快，过去变得越来越无法理解，"雅库布迟疑了一会儿后说，"除了人们好心地还给你的那几封信，他的那几页日记，还有他朋友们的那几则回忆，你对你父亲还知道些什么呢？"

　　但是奥尔佳固执地坚持："你为什么避而不答？我向你提的问题再清楚也不过了。我的父亲是不是跟那些送他去死的人一样？"

　　"也许是吧。"雅库布说着，耸了耸肩膀。

　　"那么，他为什么就不会也犯同样残酷的错误呢？"

　　"从理论上说，"雅库布极其缓慢地回答说，"从理论上说，他可能会对其他人做出他们对他所做的同样的事。在我们的大地上，并不存在任何一个人，不会怀着一颗相对轻松的心，打发他的邻人去死。说到我，无论如何，反正我从来没有见过这样的人。从这一观点出发，假如人们有一天会改变，他们就将丢弃人类的基本品质。他们就不再是人，而是另外的一种造物了。"

"我觉得你们说得很精彩，"奥尔佳大声嚷道，就这样以复数第二人称召唤着雅库布那样的千万人，"你们让所有的人成为凶手，而且，这样一来，你们自己的屠杀罪就不再是一桩罪行，只不过成了人类一个不可避免的特征。"

"绝大多数的人，是在他们的家和他们的工作之间的一个伊甸园般的圈子里成长的，"雅库布说，"他们生活在超越于善与恶之上的一个宁静的领域中。看到一个杀人害命的人，他们从心底里感到厌恶。但是，与此同时，只要让他们从这个安静的领域中出来，就足以使他们糊里糊涂地成为杀人者。有一些考验和诱惑，人类只能靠历史的种种遥远干涉来经受。没有任何人能抵抗得了。但是，谈论这个是绝对没有用的。对你来说，重要的并不是你父亲从理论上可能做的事，因为无论如何，我们没有任何办法能证明它。唯一应该引起你兴趣的事，是他所做的，或者他所没有做的。而从这一点上说，他的良心是清白的。"

"你能绝对保证吗？"

"绝对。没有任何人比我更熟悉他了。"

"我真的很高兴，能从你的嘴里听到这些。"奥尔佳说，"因为，我刚才问你的问题，我可不是随便问问的。不少时间以来，我收到一些匿名信，信中说，我本不该扮演殉道者女儿的角色，因为我的父亲，在他被处死之前，自己就把一些无辜的人投入牢狱，而那些人的唯一错误，只是具有一种跟他的世界观不一样的世界观。"

"真是荒唐。"雅库布说。

"在那些信中，他们把他描绘成一个狂热的人，一个残酷的人。当然，这是一些充满恶意的匿名信，但不是一个原始人写的信。信写得并不夸张，而是既具体又确切，我几乎就要相信了。"

"总是同样的报复。"雅库布说，"我给你说个事情吧。当他们把你父亲抓起来时，监狱中关满了人，都是被革命之后的第一阵恐怖浪潮卷进去的。囚犯们认出他是一个共产党领导者，一开始，他们扑到他的身上，不分青红皂白就是一通暴揍，直打得他昏死过去。看守们则带着奸笑在一旁看热闹。"

"我知道。"奥尔佳说。雅库布意识到他刚才对她讲了一段她已经听过多次的插曲。他很久之前就承诺过，永远也不再讲那些事情了，但他总是做不到。遭遇过车祸的人永远无法禁止自己去回忆它。

"我知道，"奥尔佳重复道，"但这并不让我吃惊。那些人没有经过审判就投入牢狱，而且常常还是以莫须有的罪名。而突然之间，他们眼前来了一个被他们认为对此负有责任的人！"

"从你父亲穿上囚服的那一刻起，他就跟其他囚犯一样，成为了他们中的一分子。再去折磨他就没有了任何的意义，尤其是在看守们睁得大大的眼睛下。那只是一种怯懦的报复。践踏一个毫无反抗能力的牺牲者，是最卑贱的行为。而你收到的那些信，则是同一种复仇心的结果，恰如我证实的那样，那种冤冤相报不会因为时间的消逝而消失。"

　　"但是，雅库布！当时他们可是有十来万人关在监牢里啊！成百上千的人一去不复返！而从来就没有一个负责人受到过惩罚！实际上，这种复仇的欲望只是正义的一种未满足的欲望！"

　　"父债子偿跟正义没有丝毫关系。你还记得吗，由于你父亲的关系，你失去了你自己的家，你被迫离开你居住的城市，你甚至没有权利上学。就因为一个你几乎都不认识的死去的父亲！由于你的父亲，你现在就应该遭到别人的迫害吗？我要对你说一说我一生中最悲愁的发现：受迫害者并不比迫害者更高贵。我完全能够想象角色的置换。你，在这一推理中，你可以看到一种抹却责任的欲望，把责任推卸到实事求是地对待人的创造者头上。如果你能这样地看问题，兴许更好。因为，做出罪人与牺牲者没有区别的结论，那就是放弃任何希望。而这，这就是人们所说的地狱，我的小宝贝。"

5

露辛娜的两个同事已经心急火燎了。她们迫切想知道，头一天跟克利玛的约会最后是如何结束的，但她们都在温泉浴中心的另一端上班，只是到三点钟，见到了她们的朋友，那时，她们才问了她一个痛快。

露辛娜犹犹疑疑地不回答，最后总算吞吞吐吐地说："他说他爱我，他要娶我。"

"你看！我早就对你说过！"瘦女人说，"他要离婚吗？"

"他说他要的。"

"他没法不这样做，"四十岁的那个女人很开心地说，"你会有一个孩子，而他妻子却没有。"

这一次，露辛娜不得不说出事实："他说他要让我去布拉格。他要为我在那里找工作。他说我们还要去意大利度假。但他却不愿我们马上就要孩子。他说得对。最开头的几年总是最美好的几年，假如我们有了孩子，我们就无法快乐逍遥了。"

四十岁的那位大吃一惊："怎么，你要去堕胎？"

露辛娜表示同意。

"你疯了！"瘦子也叫嚷道。

"他在拿花言巧语迷惑你，"四十岁的女人说，"一旦你做掉孩子，他就会打发你开路了。"

"为什么？"

"你敢打赌吗？"瘦子说。

"既然他爱我！"

"你怎么知道的，他爱你？"四十岁的女人说。

"他亲口对我说的！"

"那他为什么两个月里一直不给你消息？"

"他害怕他的爱。"露辛娜说。

"怎么？"

"你要我怎么向你解释呢！他害怕他爱上了我。"

"就是因为这个，他才没有透露他的踪迹？"

"这是他强加给自己的一个考验；他想确切知道，他无法将我忘却。这是可以理解的，不是吗？"

"我知道了，"四十岁的女人接着说，"当他得知他让你怀上孩子时，他就一下子明白，他无法将你忘却了。"

"他说他很高兴我怀孕了。不是因为孩子，而是因为我给他打了电话。他明白他是爱我的。"

"我的上帝，你可真是个大傻瓜！"瘦女人高声嚷道。

"我可看不出我有什么傻的。"

"因为这孩子是你唯一拥有的东西，"四十岁的说，"假如你做掉了孩子，你就将一无所有，他就会对你不屑一顾。"

"我希望，他要我是因为看上了我，而不是因为孩子！"

"你把你自己当作什么人了？他为什么要看上你再要你？"

她们久久地热烈争论着。两个女人不停地对露辛娜重复说，孩子是她唯一的王牌，她不应该放弃他。

"要是我，我决不去堕胎。我对你说了。决不，你明白吗？决不。"瘦子坚定地说。

露辛娜突然发现自己成了一个小姑娘，她说（昨天，她正是用这同一句话，给了克利玛活下去的欲望）："那么，你给我说说我该怎么办吧！"

"要挺住。"四十岁的女人说，然后她打开她橱柜的一个抽屉，从里头拿出一瓶药片，"拿着，吃一片！你太紧张了。它会让你镇静下来的。"

露辛娜把药片放进嘴里，吞了下去。

"留着这瓶药吧。这上面有说明：一日三次，每次一片，但只是在你需要镇静的时候，你才可以服用。不要犯傻了，把自己弄得这样神经兮兮的。别忘了，他是一个狡诈的家伙。他可不是在做什么试验！这一次，他别打算轻轻松松地溜走！"

她又一次不知道该做什么好了。就在不久前，她还以为自己决心已定，但她同事们的劝导似乎很有说服力，她再次左右摇摆不定。怀着痛苦的心情，她走下了楼梯。

在大厅里，一个神情激动的年轻人匆匆向她走来，满脸通红。

"我已经对你说过，不要来这里找我，"她说，凶神恶煞似的看着他，"在昨天的事情之后，我真不明白你怎么还会有胆量来！"

"请你不要生气！"年轻小伙子叫嚷着，语气有些绝望。

"嘘！"她也高声说，"不要来这里跟我吵了，真是多此一举。"说着，她想走开。

"你若是不想让我跟你吵架，你可别就这么走了啊！"

她什么都无法做了。疗养者们在大厅中来来往往，随时都有穿白色工作服的人在附近走过。她不想引人注目，于是，她不得不留在原地，竭力做出一副很自然的样子："那么，你想要我做什么？"她低声说道。

"什么都不要，我只是想请求你原谅。我对我做过的事真心地感到遗憾。但是，请你起誓，你们之间什么事都没有。"

"我早已经对你说了，我们之间什么事都没有。"

"那好，你起誓吧！"

"别跟一个小孩似的。我不会为这样的蠢话起誓的。"

"因为你们之间发生了什么事情。"

"我早已经对你说了，没有。假如你不相信我的话，我们就没有什么好说的了。那只是一个朋友。难道我没有权利拥有自己的朋友吗？我尊重他，我很高兴他能成为我的朋友。"

"我知道。我什么都不指责你。"小伙子说。

"他明天要在这里开一场音乐会。我希望你不要再跟踪我了。"

"假如你能给我一句保证的誓言,你们之间什么事都没有。"

"我早已经对你说过,我决不会屈尊为这样的事情起誓的。但是,我可以向你起誓,假如你再跟踪我一次,你这一辈子就别再来见我了。"

"露辛娜,这是因为我爱你。"小伙子说,一脸的痛苦。

"我也一样,"露辛娜说得很简洁,"但是我,我不会因为在公路上发生的那些事跟你吵架的。"

"那是因为你不爱我。你羞于见我。"

"你说的尽是傻话。"

"你从来不让我跟你在一起露面,跟你一起出门……"

"嘘!"她重复道,示意他不要那么高声说,"我父亲会杀了我的。我已经对你解释过,他在监视我。但是现在,你别发火,我必须走了。"

小伙子拉住她的胳膊:"你别马上走。"

露辛娜绝望地抬起眼睛,看着天花板。

小伙子说:"假如我们结婚的话,一切就将全不一样。他也就没有什么话好说了。我们会有一个孩子。"

"我不想要孩子,"露辛娜急切地说,"我宁可杀了我自己,也不愿意要一个孩子!"

"为什么？"

"因为就这样。我不想要孩子。"

"我爱你，露辛娜。"小伙子又说了一遍。

露辛娜答道："就是因为这，你想引着我去自杀，是不是？"

"去自杀？"他惊奇地问道。

"是的！去自杀！"

"露辛娜！"小伙子说。

"你将引着我径直地走向它！我向你担保！你确切地引着我走向它！"

"今天晚上我可以来吗？"他谦卑地问道。

"不行，今天晚上不行。"露辛娜说。然后，她明白必须让他平静下来，她又补了一句，语气更带和解的意味："你可以给我这里打电话，弗朗齐歇克。但是，星期一之前不行。"说完，她转身就走。

"等一等，"小伙子说，"我给你带了样东西。只求你原谅我。"说着，他递给她一个小小的盒子。

她接过盒子，迅速出门，来到了街上。

6

　　"从这一点上说，斯克雷塔大夫是一个独特的人，不然的话，他是假装如此？"奥尔佳问雅库布。

　　"这正是我认识他以来常常问自己的问题。"雅库布答道。

　　"独特的人，当他们成功地让别人尊重他们的独特性时，会有一种相当漂亮的人生。"奥尔佳说，"斯克雷塔大夫漫不经心得几乎令人无法相信。在一番谈话正热火的当间，他会忘记一秒钟前他说了什么。有时候，他在街上开始跟人争论，他会晚两个钟头来到诊所。但是，没有人胆敢因此而记恨他，因为大夫是一个赫赫有名的独特的人，只有一个粗野的人才能对他独特性的权利质疑。"

　　"不管是独特还是不独特，我看他对你的治疗还是不错的。"

　　"这当然，但这里的所有人都觉得，他的医疗诊所对他来说是一种副业，妨碍了他把全部精力投入一大堆更重要的计划中。比如说，明天，他就要演奏打击乐了！"

　　"等一等，"雅库布说，打断了奥尔佳的话，"这么说，那个传说，可是真的啦？"

"当然啦！整个疗养院都贴满海报，宣布著名的小号手克利玛明天来这里演出的消息，斯克雷塔大夫将在音乐会中为他伴奏打击乐。"

"真是令人难以相信，"雅库布说，"听到斯克雷塔执意要表演打击乐的消息，我倒是根本就没有什么好惊讶的。斯克雷塔是我所认识的最大的梦想者，但是，迄今为止我还没有见他实现过哪怕一个梦想。当我们在大学里相互认识时，斯克雷塔没有什么钱。他经常口袋里连一枚硬币都没有，而他总是想象出好一些玩意，想以此挣钱。在那个时候，他制定了计划，先搞到一只雌威尔士猎犬，因为有人对他说过，这一品种的小崽能卖到四千克朗一条的价。他立即算了一笔账。母狗每年可以下两窝狗崽，每窝五个。二五一十。十乘四千就是每年四万克朗。他什么都想好了。他好不容易得到了大学餐厅经理的资助，后者答应他，每天都把厨房的剩饭剩菜提供给他的狗。他为两个女大学生代写毕业论文，代价是她们每天出去为他遛狗。他住在一个学生公寓里，那里是禁止养狗的。于是，他每星期都送一束玫瑰花给公寓的女主任，直到她答应他可以破例行事。在整整的两个月里，他都在为他的母狗作着精心的准备，但是，我们大家都知道，他永远也得不到它。他应该花四千克朗把它买来，但没有人愿意把自己的钱借给他。没有人拿他的话当真。所有人都把他看成一个梦想家，当然他狡诈得天下无双，而且胆大妄为，不过都只是在想象的王国中。"

"这简直太有趣了，但是我依然不明白你对他的奇特偏爱。人们甚至不能相信他。他根本无法准时到达，头天答应的事情第二天就忘得干干净净。"

"不完全是这样。他过去帮过我很大的忙。实际上，没有人给过我跟他同样大的帮助。"

雅库布把手探进上衣胸口的衣兜里，掏出一张折叠起来的绢纸。他把绢纸打开，露出一粒浅蓝色的药片。

"这是什么？"奥尔佳问道。

"毒药。"

一时间，雅库布细细地品味着年轻姑娘满腹疑虑的沉默，然后说："十五年来，我一直把这片药带在身上。在我的铁窗岁月之后，我总算明白了一件事。至少应该有一点确信：确信能把握住自己的死亡，能选择死亡的时间和方式。有了这种确信，你就能忍受很多的事。你心里知道，当你愿意的时候，你是能够摆脱它们的。"

"在监狱里，你也一直带着这片药吗？"

"可惜，没有！不过，我一出狱就搞到了。"

"什么时候你不再需要它呢？"

"在这个国家，人们永远不会知道什么时候他们需要这些东西。而且，对我来说，这是一个原则问题。任何人从他进入成年期起，都应该得到毒药。为此，应该举行一种庄严的仪式。这不是为了鼓励人们去自杀，恰恰相反，而是为了让他们活得更踏实，更安详。让他们活得更明白，知道他们把握着自己的生与死。"

"这片毒药，你是怎样弄到手的？"

"斯克雷塔早先在一个实验室里当生物化学家。开头，我找的是另一个人，但是那人认为，他的道德义务不允许他把毒药给我。而斯克雷塔，他没有一秒钟的犹豫，就自行配制了这片药。"

"也许因为他是个独特的人。"

"也许吧。但是，尤其是因为他理解我。他知道我不是一个歇斯底里的人，不会热衷于那些自杀的喜剧。他明白，对我来说最要命的什么。我今天就把这药片还给他。我再也不需要它了。"

"所有的危险都已经过去了吗？"

"明天一早，我就要彻底离开这个国家。我应邀去一个大学工作，我得到了官方的准许。"

终于，这话总算说出来了。雅库布瞧着奥尔佳，看到她笑了。她握住他的手："真的吗？这消息真是太好了！我真为你高兴！"

她表现出一种无私的快乐，假如他得知，奥尔佳要出发去外国，要去那里过一种更舒适的生活了，他自己也同样会这样快乐的。他有些惊奇，因为他总是担心，她对他怀有一种情感上的依恋。他很高兴事情不是那样的，但是，令他对自己感到惊奇的是，他因此而又有些恼火。

奥尔佳是那么关注雅库布带来的这消息，以至于她都忘了问他关于浅蓝色药片的事，那片一直放在他们的中间，在揉皱的绢纸上的药片，雅库布不得不细细地向她展望他未来生涯的种种情景。

"你终于成功了，我实在太为你高兴了。留在这里，你永远是一个可疑的人。他们甚至都不允许你从事你的职业。他们就是这样时时刻刻地鼓吹着热爱祖国。怎么热爱一个你都被禁止在那里工作的国家？我可以对你说，我对我的祖国并不抱有任何的爱。这是我的不对吗？"

"我不知道，"雅库布说，"我真的不知道该怎么说。至于说到我，我对这个国家还是相当依恋的。"

"也许是我的不对，"奥尔佳继续说，"不过我在这里感到孤立无援。还有什么能让我对它有依恋呢？"

"即便是痛苦的回忆，也是一个使我们介入的联系。"

"使我们介入什么？滞留在我们出生的国家中吗？我不明白，人们怎么可能不把自己肩上的重压甩掉而谈论自由。就好比，一棵树长在它不能生长的地方，就不能说它生得其所。树木只有长在能得到清凉的地方才算生得其所。"

"那你呢，你在这里找得到足够的清凉吗？"

"总而言之，是的。现在，人们总算允许我学习，我得到了我想要的。我将学我的理科，我不想听人说起任何别的。这个制度不是我发明出来，我对此没有丝毫的责任。不过，你到底什么时候走呢？"

"明天。"

"这么快啊？"她握住了他的手，"我求求你。既然你已经好心好意地来跟我告别了，你就别那么着急地走吧。"

这跟他期待的总是不一样。她的行为举止既不像一个偷偷爱着他的年轻女郎，也不像一个对他抱有孝敬之情、精神之爱的养女。她怀着一种极富说服力的柔情，向他伸出手，目不转睛地看着他，重复道："别那么着急！假如你来这里停留一下只是为了向我告别，那对我也没有任何意义。"

雅库布几乎有些不知所措。"我们走着瞧吧，"他说，"斯克雷塔也想说服我在这里多待一些时间。"

"你当然应该在这里多待一些时间，"奥尔佳说，"无论如何，我们彼此给对方的只有那么一点点时间。现在，我又该回去泡浴了……"但思索一会儿后，她肯定地说她哪里也不去，既然雅库布来这里了。

"不，不，你应该回去泡浴。不应该忽视你的治疗。我陪你去吧。"

"真的？"奥尔佳问道，嗓音中分明充满着幸福。随后，她打开柜子，寻找着什么东西。

浅蓝色的药片放在桌子上，在折叠的纸上，奥尔佳，这个雅库布对其显示过存在意义的世界上唯一的人，正俯身在打开的衣柜里，背对着毒药。雅库布想，这片浅蓝色药片是他生命的戏剧，一出被抛弃的、几乎被遗忘的、可能没有意思的戏剧。他对自己说现在是摆脱这没意思的戏剧的时候了，该对它迅速地告别，把它留在自己的身后。他把药片包在纸里，塞进自己上装的胸口衣兜里。

奥尔佳从衣柜中找出一个袋子，往里面放了一条毛巾，关上柜门。"我准备好了。"她对雅库布说。

7

　　谁也不知道多长时间以来，露辛娜一直坐在公园的一把长椅上，她无法离开，毫无疑问，因为她的思想凝滞不动，固定于唯一的一点上。

　　就在昨天，她还相信小号手对她说的话。不仅是因为那话听起来舒服，而且还因为那话更为简单：这样，她可以带着宁静的意识，拒绝一次搏斗，她实在没有力气来做如此一搏了。但是，自打她的同事们嘲讽起她之后，她又重新怀疑起他来了，想起他时也带着一种记恨，从骨子里头担心自己还不够狡猾，不够固执，不能够征服他。

　　她毫无好奇心地撕去了弗朗齐歇克给她的小盒子的包装纸。里面是一块浅蓝色布料的东西，露辛娜明白，这是他送的礼物，一件睡衣；他想每天都看到她裹在这样的睡衣中；每一天，许多天，她的整整一生。她凝视着衣料浅蓝的颜色，觉得似乎看见这蓝色的点漾化开来，延伸开来，变成一大片水沼，仁慈与忠诚的水沼，奴颜婢膝的爱情的水沼，最终将把她吞没。

　　她更憎恨谁呢？是不想要她的那一位呢，还是想要她的那一位？

　　她就这样被那两种仇恨钉在长椅上，对她周围发生的一切全然不知。一辆小面包车在人行道边停下来，后面跟着一辆紧闭着门的绿色卡车，从那里传来一阵又一阵的狗吠，一时尖叫，一时狂吼，一直传到露辛娜的耳畔。面包车的车门打开了，下来一个老年男子，胳膊上戴着一个红袖章。露辛娜愣愣地瞧着前方，目光迟滞，一时间，她甚至都没意识到自己究竟在看什么。

　　老先生朝面包车喊一声口令，另一个老年男子下了车，他的胳膊上也戴着一个红袖章，手中拿着一根三米来长的杆子，杆子顶上绑着一个铁丝套环。另一些男人也跟着下了车，在面包车前排成一排。他们都是一些老先生，都戴着一个红袖章，手中都拿着一根顶上装备有一个铁丝套环的杆子。

　　第一个下车的男人没有带杆子，他喊着口令；老先生们，像是一小队奇特的枪骑兵，来了好几遍立正和稍息。随后，男人发出另一道命令，那一队老人便跑步冲向公园。到了公园，他们分散开来，每个人都奔向一个方向，有的去小径，有的去草坪。疗养者们正在公园里散步，孩子们在嬉戏，所有人都一下子停下来，惊讶地瞧着这些老先生们紧握长杆子发动进攻。

　　露辛娜也从沉思中惊醒，惶惑地观察着发生的事。她在那些老先生中认出她的父亲，不无厌恶却又毫不惊奇地观察着他的举动。

117

一条杂种狗在一棵桦树底下的一片草坪上溜达。一个老先生开始朝它跑去，那狗怔怔地瞧着他。老头挥动杆子，想把铁丝套环对准狗的脑袋。但杆子太长，衰老的双手又很乏力，老头错过了目标。铁丝套环在狗脑袋周围晃动，而狗则好奇地瞧着这玩意。

　　但是，已经有另一个胳膊更强壮的退休者跑来帮助这个老头，小狗终于成为铁套环的俘虏。老头拉动杆子，铁丝卡紧了那毛茸茸的脖子，狗发出尖叫声。两个退休者哈哈大笑着，拖着那条被套住的狗，从草坪走向停在边上的卡车。他们打开卡车的大门，门里顿时传出乱糟糟的狗吠声；他们把杂种狗扔上了卡车。

　　对露辛娜来说，她所看到的一切都只是她自己故事的一个因素：她是一个被夹在两个世界之间的不幸女人：克利玛的世界要抛弃她，而她想摆脱的弗朗齐歇克的世界（平庸和厌烦的世界，失败和俘获的世界）却来这里寻找她，就像是这一支搜捕队那样，似乎也打算把她套在这样的一个铁丝圈之中拉走。

　　在公园的一条沙土小径上，一个十来岁的小男孩绝望地呼唤着他的狗，狗迷失在一片灌木林中。但是，他千呼万唤唤来的不是狗，却是露辛娜的父亲，他握着长杆子，跑到了孩子跟前。孩子立即闭嘴不喊了。他担心唤来他的狗之后，老头儿会从他手里把它夺走。他冲到小径上，想溜走，但是老头儿也跟着跑了起来。现在，他们已经跑了个并肩。露辛娜的父亲带着他的杆子，小男孩哭叫着飞跑。然后，男孩子猛地向后转，不停地跑回原路。露辛娜的父亲也跟着向后转。他们又跑成了并肩。

　　一只猎兔狗从灌木丛中窜出。露辛娜的父亲朝它伸出杆子，但狗猛地躲开了，飞跑到孩子身边，孩子把它一把从地上抱起，紧紧地抱在怀里。别的老头儿赶紧跑过来支援露辛娜的父亲，想把猎兔狗从男孩子怀里夺下。孩子大哭起来，一边大喊，一边挣扎，以至于老头们不得不拧住他的胳膊，用手捂住他的嘴，因为他的叫喊已经引起了行人的注意，他们都回过头来看，但他们不敢过来干涉。

　　露辛娜不想再看到她的父亲及其同伙。但是，上哪里去呢？在她的小房间，她有一本侦探小说还没有读完，但它引不起她的兴趣，电影院里正在演一部她已经看过的电影，在里奇蒙大厦的大厅中，有一台电视机，它总是播放着节目。她选定去看电视。她从长椅上站起身来，在四处传来的老头儿们的喧闹声中，她强烈地感觉到自己肚子里的内容，她对自己说这是一个神圣的内容。它将改变她，它将使她变得高贵。它将使她有别于那些正在捕狗的狂热者。她对自己说她没有权利妥协，她没有权利让步，因为，在她的腹中，她怀着她唯一的希望；她唯一的进入未来的入场券。

　　来到公园的尽头，她发现了雅库布。他正站在里奇蒙大厦前的人行道上，他观望着公园的那一幕。她只见过他一次面，在吃午饭的时候，但她还记得他。暂时成了她女邻居的那个疗养者，就是每当她把收音机开得稍微响一些便使劲敲墙壁的那一位，是如此地令她反感，以至于一切跟她有关的人和事，露辛娜都以一种不无厌恶的关心加以注意。

这个男人的脸不讨她喜欢。她觉得它颇含讥讽，而露辛娜憎恶讥讽。她总是想，讥讽（任何形式的讥讽）就像是一个全副武装的哨兵守在露辛娜执意要进入的未来的入口处，而且那个哨兵拿一道探询的目光检查着她，一摇脑袋就把她给打发掉了。她挺起胸膛，决心以她乳房的挑衅性的傲慢，以她肚子的高傲的自豪，从这个男人跟前走过去。

而这个男人（她只是用眼角的余光观察他）突然开口，以一种温柔而又甜美的嗓音说："到这里来……来跟我在一起……"

一开始，她不明白他为什么要对她说话。他嗓音中的温柔令她张皇失措，她不知道如何回答是好。但是，随即，等她一回头，她发现一条嘴脸有些像人但又丑陋至极的大胖拳师犬，正跟在她的身后呢。

雅库布的声音吸引来了狗。他一把抓住狗项圈："来跟我在一起……不然的话，你就没有一丝活命的机会了。"狗朝雅库布抬起信任的脑袋，舌头耷拉下来，像是一面快活地飘扬着的小旗。

这短短的一秒钟里，充满一种可笑的、微不足道的但又很显然的侮辱：男人既没有察觉到她挑衅性的傲慢，也没有察觉到她高傲的自豪。她以为他在跟她说话，他却是在跟一条狗说话。她从他面前走过，停在里奇蒙大厦的台阶上。

两个老头儿拿着长杆子刚刚穿越街道，急冲冲地朝雅库布赶来。她不怀好意地观察着这一场好戏，无法阻止自己站在老头儿们这一边。

雅库布抓住项圈，牵着狗走向大厦的台阶，一个老头冲他喊道："快放开这条狗！"

另一个老人喊道："以法律的名义！"

雅库布假装没有注意到老头儿们，继续走他的路，但是，在他身后，一根长杆已经慢慢地沿着他的身体落下，铁丝套圈在斗拳狗的头顶上笨拙地晃来晃去。

雅库布抓住杆子的顶端，猛地一把推开。

第三个老头跑过来，喊道："这是对公共秩序的侵犯！我要叫警察了！"

另一个老头儿的谴责声十分尖利："它在公园里乱跑！它跑到了儿童的游戏场，这是禁止的！它在孩子们的沙土堆上撒尿！您喜爱狗超过了喜爱孩子。"

露辛娜在高高的台阶上瞧着这一场好戏，她刚才只是在她的腹中感觉到的自豪，现在扩散到她全身，使她浑身充满了一种固执的力量。雅库布和狗沿着一级级台阶走上来，靠近了她，于是，她对雅库布说："您没有权利带着一条狗进入这里。"

雅库布镇定自若地辩解着，但她不能再让步了。她挺直身子，岔开双腿，站在里奇蒙大厦宽宽的大门口，她重复道："这是一个疗养者居住的大厦，不是一个狗住的大厦。这里，禁止狗入内。"

"请问小姐，您为什么不也拿一根带套圈的长杆子呢？"雅库布说，他想带着狗闯进门去。

露辛娜从雅库布的话音中听出了他那么憎恨的讥讽味道，它把她打发回了她原来待的地方，打发回了她不想再去的地方。激动迷蒙了她的眼睛。她一把抓住牵狗的项圈。现在，他俩都抓着项圈。雅库布往里拉，她则朝外拉。

雅库布抓住露辛娜的手腕，把她的手指头从项圈上掰开，掰得那么猛，连她的身子都摇晃起来。

"您更喜欢看到鬈毛狗，而不是摇篮中的婴儿！"她冲他喊道。

雅库布回身一转，他们的目光相遇了，彼此被一种突如其来的和赤裸裸的仇恨焊接得死死的。

8

　　拳师犬在房间里好奇地溜达着，丝毫没猜到它刚刚死里逃生。
雅库布躺在长沙发上，问自己该拿它怎么办。狗很讨他喜欢，活
蹦乱跳的，样子很是开心。短短几分钟里，它就无忧无虑地习惯
了一个陌生的房间，跟一个陌生的人结下友谊，当然，这种无忧
无虑几乎有些令人疑窦丛生，甚至近乎于愚蠢。在角角落落地嗅
一个遍之后，它跳上沙发，躺在了雅库布的身边。雅库布大为惊
讶，但他还是毫无保留地接受了这种友好的表示。他把手放到狗
的脊背上，当即美美地感觉到动物身躯的热乎气。他总是很喜欢
狗。它们对人亲近，友善，忠诚，同时，它们也令人无法理解。
谁也弄不清楚，在不可捉摸的大自然的这些诚实而又欢快使者的
头脑中和心灵中，到底发生着一些什么事。

　　他挠着狗的脊背，心里想着他刚才见证的那一幕。对他来说，
装备有长杆子的老头们已经跟监狱看守、预审法官们混淆成了一
体，还有那些通风报信的告密者，他们总是窥伺邻居的秘密，哪
怕在购物时谈论政治，他们都要去打小报告。到底是什么促使这
些人做出那样可鄙的行为？是凶狠之心吗？当然没错，但是还有

对秩序的渴望。因为，对秩序的渴望要把人类世界转变为一种无机的统治，在这世界中，一切的运行，一切的运作，全都服从于一种非人的意志。对秩序的渴望同时还是对死亡的渴望，因为生命即是对秩序的永久违背。或者，反过来说，对秩序的渴望是一种正当的借口，借此，人对人的仇恨就堂而皇之地掩盖了人的罪孽。

随之，他想起那个年轻女郎，那个竭力阻止他带着狗进入里奇蒙大厦的金发女郎，他对她生出一种痛苦的仇恨。装备着长杆子的老头们并不激怒他，他很了解他们，他体会得到，他从来就没怀疑过他们存在着，而且应该存在着，他们永远是他的迫害者。但是，这个年轻的女郎，这是他的失败。她长得很漂亮，她不是作为迫害者，而是作为观众出现在这一场戏里，她被场景所刺激，把自己认同于一个迫害者。一想到那些旁观者时刻准备着揪住牺牲者去送死，雅库布的心中就始终惊惶不已。因为，随着时间的推移，刽子手已变成一个亲近而又熟悉的人物，而被迫害者的身上则有某种东西在散发出贵族的臭气。大众的心灵以前把自己同化为痛苦的被迫害者，今天却要同化为迫害者的痛苦。因为在我们的世纪，对人的捕猎就是对特权者的捕猎：对那些读书的人和养着一条狗的人。

他感觉到手掌底下动物那热乎乎的躯体，他对自己说，这个年轻的金发女郎是来向他宣告命运的，她以一个秘密的符号，宣告他在这个国家中将永远得不到爱，她受人民的委派，她随时准备抓住他，把他送交给那些用带铁丝圈套的长杆子威胁着他的人们。他紧紧地抱住狗，把它搂在怀里。他想他不能把它留在这里听任命运的摆布，他应该把它带走，作为一个经历迫害的见证者，作为一个逃脱迫害的幸免者，远远地离开这个国家。然后，他对自己说，他要把这条欢快的狗藏在这里，作为一个逃避警方的流亡者，他觉得这一念头很有喜剧性。

有人敲门，斯克雷塔大夫走进来说："你总算回来了，正是时候。我整个下午都在找你。你溜到哪里去了？"

"我去看了奥尔佳，然后……"他想讲述狗的故事，但斯克雷塔打断了他：

"我本该想到的。我们有那么多的事情要谈论，你却这样的浪费时间！我已经对伯特莱夫说了，你在这里，我已经安排好了，让他邀请我们两个聚一聚。"

这时候，狗从沙发上跳下，来到大夫身边，挺起身子，只用后腿站立，把前爪伸到大夫的胸前。斯克雷塔挠了挠狗的脖子。"嘿，鲍博，是呀，你真好……"他说，一点儿都没有惊讶的样子。

"它叫鲍博？"

"是啊，它是鲍博。"斯克雷塔说。他解释说，这狗是一家旅店老板的，旅店位于离小城不远的森林里；所有人都认识这条狗，因为它四处溜达。

狗明白他们在说它，这使它很开心。它使劲摇着尾巴，想来舔斯克雷塔的脸。

"你是一个细腻的心理学家，"大夫说，"今天，你必须帮我好好地研究他一番。我真不知道该怎么对付他好了。我对他有一些重大的计划。"

"卖圣徒像吗？"

"圣徒像，那是一件蠢事，"斯克雷塔说，"我要做的，是一件远远更为重要的事。我想让他认我做养子。"

"认你做养子？"

"认我做他的儿子。这对我来说至关紧要。假如我成了他的养子，我就自动取得了美国国籍。"

"你想移民吗？"

"不。我在这里从事一些长期的试验，我不打算中止试验。此外，我今天必须找你谈一谈，因为我需要你来参与这些试验。但是，有了美国国籍的话，我就将获得一本美国护照，我就可以在全世界自由旅行。你很清楚，如果没有这些，一个普通人是永远也不能走出这个国门的，而我是那么渴望去冰岛。"

"为什么偏偏是冰岛呢？"

"那是捕鲑鱼的最好角落。"斯克雷塔说。然后，他又接着说："让事情变得有些复杂的是，伯特莱夫只比我大七岁。我必须对他解释清楚，养父的身份是一个法律上的身份，它跟亲子关系中的父亲没有任何相同之处，从理论上说，即便他比我更年轻，他照样可以成为我的养父。他也许会明白的，但他有一个很年轻的妻子。她是我的一个病人。还有，她后天就要到这里来。我已经派苏茜去了布拉格，让她到飞机场去接她。”

“苏茜知不知道你的计划？”

“当然知道。我已经嘱咐她，不惜一切代价来赢得她未来婆婆的好感。”

“那个美国佬呢？他说什么了吗？”

“这正是最难的地方。这家伙无法理解我的言外之意。所以我需要你的帮助，请你好好地研究他一番，然后告诉我怎么跟他打交道才好。”

斯克雷塔瞧了瞧他的手表，说伯特莱夫正在等着他们。

“可是，我们拿鲍博怎么办呢？”雅库布问道。

“你是怎么把它带来的？”斯克雷塔说。

于是，雅库布向他朋友解释一通，他是怎么救了那条狗一命，但是，斯克雷塔还沉浸在他的思绪中，心不在焉地听着他的讲述。当雅库布说完后，他说：

“旅店的老板娘是我的一个病人。两年前，她生了一个很漂亮的娃娃。他们很喜欢鲍博，你可以明天把狗给他们带回去。眼下，我们就给它吃一片安眠药好了，让它不要再惹我们的麻烦。”

他从一个衣袋中掏出一管药，从中取出一片。他唤着狗，掰开它的嘴，把药片扔进它的喉咙。

"一分钟之后，它将会乖乖地熟睡。"他说，随后跟雅库布一起走出房间。

9

伯特莱夫对两位来客表示欢迎，雅库布的目光在整个房间里扫了一遍。然后，他走近那幅大胡子圣徒的画像。"我听说，您会画画。"他问伯特莱夫。

"是的，"伯特莱夫回答道，"这是圣拉撒路，我的主保圣人。"

"您怎么会想到给他画上一圈蓝色的光环呢？"雅库布问，表现出他的惊讶。

"我很高兴您向我问到这一问题。一般情况下，人们瞧着一幅画，却不知道自己究竟看到了什么。我画了蓝色的光环，只是因为，实际上一道光环就是蓝色的。"

雅库布再一次表现出他的惊讶，于是伯特莱夫继续说："以一种特别强有力的爱走向上帝的人们，会相应地感觉到一种神圣的快乐，它将扩散到他们的整个身体，并且从身体中照射到外界。这种神圣快乐的光芒平静而又温和，它具有蔚蓝天空的色彩。"

"等一等，"雅库布打断他的话，"您是想说，光环还不只是一种象征？"

"完全对头，"伯特莱夫说，"但是，您不要想象它永久地从圣徒们的头上散发出，而且圣徒们像是巡路的油灯，在全世界四处游走。当然不是这样。只有在他们内心的愉快非常强烈的某些时候，他们的额头上才会投射出一道蓝盈盈的光。在耶稣去世之后的最初几个世纪，在圣徒们数量众多，有许多人甚至非常熟悉他们的一个阶段，没有人对光环的颜色有过丝毫怀疑，在那个时期所有的绘画和壁画上，您都可以看到，光环是蓝色的。只是从公元五世纪起，画家们才开始渐渐地把光环表现为各种不同的颜色，比如说，橘黄色的，或者黄色的。再后来，在哥特式绘画中，就只有金黄色的光环了。这样更具有装饰性，而且也更好地传达出教会的世俗强力和荣耀。但是，这样的光环并不像真正的光环，也不比当时的教会更像是原始基督教。"

"这倒是我不知道的。"雅库布说。这时，伯特莱夫走向了酒柜。他跟两位来客讨论了好一阵子，想知道他们更喜欢喝什么酒。当他在三个酒杯中倒上白兰地后，他转身对大夫说：

"我请求您，别忘了那个可怜的父亲。我是很关心的啊！"

斯克雷塔请伯特莱夫尽管放心，说一切都将很顺利，这时，雅库布忙问这是怎么一回事。当他们把事情告诉他之后（让我们好好地珍惜这两个人优雅的谨慎，他们没有提到任何人的名字，甚至当着雅库布的面），他对那位不幸的生育者表示了极大的怜悯：

"我们中谁没有经历过这骷髅地的苦难！这是生命中的巨大考

验之一。那些屈服了并且不自觉地成为父亲的人，将因他们的失败永远地遭到惩罚。他们变得凶狠，如同所有那些输掉的人，他们希望所有其他人也面临相同的命运。"

"我的朋友！"伯特莱夫喊了起来，"您在一个幸福的父亲面前说这事！假如您在这里再待上一两天，您就将见到我的儿子，他真是一个漂亮的孩子，这样，您就会收回您刚才说的话了！"

"我什么都不收回，"雅库布说，"因为您没有不自觉地成为父亲！"

"当然不是。我是自觉自愿地成为父亲的，而且是依靠了斯克雷塔大夫的帮助。"

大夫显露出一种满足的神态，声称他也有一个关于父亲身份的想法，不过它跟雅库布想的不同，就如他亲爱的苏茜祝圣过的身份所证明的那样。"关于生育的问题，"他补充说，"唯一令我有些茫然不知所措的事，是双亲的无理选择。一些丑恶的人居然可以决定自己去生育，真让人无法相信。他们兴许在这样想，假如他们可以跟自己的后代分担丑陋的负担，这负担也许会变得稍稍轻一些。"

伯特莱夫把斯克雷塔大夫的观点形容为唯美的种族主义："别忘了，不仅苏格拉底是个丑八怪，而且许多风流名媛也不是以完美的容貌而出类拔萃的。唯美种族主义几乎总是一种非经验的标签。那些还没有相当深地进入到恋爱快乐的世界中的人，无法根

131

据他们的所见，对女人作出判断。但是，那些真正了解女人的人知道，眼睛只能揭示一个女人能为我们提供的一切中一个微不足道的片断。当上帝教人类相亲相爱，繁育后代时，大夫，他同样地想到了那些丑陋的人和那些美丽的人。我坚信，唯美的标准并不来自上帝，而是来自魔鬼。在天堂中，没有人能区别美与丑。"

雅库布则相信，在他对生儿育女的厌恶中，唯美的动机并不扮演任何角色，他接过话头说："但是，我可以给你举出不做父亲的十个理由来。"

"那就请说吧，我倒是很想领教一番呢。"伯特莱夫说。

"首先，我不喜欢母性。"雅库布说，然后，他停了一会儿，像是在做梦，"现代社会已揭去了一切神话的面具。长久以来，儿童期早就不再是天真的时代了。弗洛伊德发现婴儿的性欲，以俄狄浦斯为例告诉了我们一切。只有伊娥卡斯忒①是不能被触动的，没有人胆敢撕下她的面纱。母性是最后的和最大的禁忌，它藏匿了最深重的厄运。再也没有比把母亲与她的孩子连接在一起的联系更强大的联系了。这一联系一劳永逸地损毁孩子，并在儿子长大后，为母亲准备爱情的所有痛苦中最残酷的痛苦。我要说，母性是一种厄运，我拒绝为它做一份贡献。"

"接着说。"伯特莱夫说。

———————————

① Jocaste，希腊神话中底比斯王后，俄狄浦斯的母亲。后来俄狄浦斯在无意中弑父娶母。

132

"还有另一个理由，使我不愿意增加母亲的数量，"雅库布稍稍有些尴尬地说，"因为，我很喜爱女人的肉体，一想象我心爱的女子的乳房将变成一个奶袋子，我就不能不感到厌恶。"

"接着说。"伯特莱夫说。

"我们这位大夫将肯定会告诉我们，医生和护士对待做了流产手术后住院的女人，要比对待产妇更严厉，并由此向她们表明某种轻蔑，尽管那些护士自己在生命的长河中，至少也会有一次需采取这样的措施。但是，在他们心中，这是一种比任何一种思考反应更强烈的生理反射，因为对生殖的崇拜是大自然的一种要求。所以，在鼓励生育的宣传中寻找哪怕是一丝丝的理性证据，都是没有用的。依您看来，在教会鼓励生育的道德训诫中，我们听到的是耶稣的声音吗，或者说，在共产主义国家支持生育的宣传中，你们听到的是马克思的话吗？人类如若听从传宗接代的唯一欲望的引导，最后必将窒息在这小小的地球上。但是，鼓励生育的宣传还在继续运作，公众看到一个喂奶的母亲或者一个做怪相的婴儿的图像时，还会流下激动的眼泪。这让我恶心。当我想到，我会跟千百万其他热情的人们一样，俯身在摇篮上，面露一丝傻乎乎的微笑，我就不禁脊梁骨一阵阵地发冷。"

"接着说。"伯特莱夫说。

"很显然，我还得问一问自己，我要把我的孩子送到哪一个世界去。学校很快就会把孩子从我这里夺走，满脑子地向他灌输种种谬论，我就算是花费一生的精力，都来不及跟那些东西斗争。我应不应该眼睁睁地看着我的孩子变成一个遵守习俗的傻瓜？或者，我是不是必须反复教导他我自己的观点，从而看着他痛苦地挣扎？因为那样的话，他就将跟我一样被带入无尽的冲突之中。"

"接着说。"伯特莱夫说。

"很显然，我还应该考虑一下我自己。在这个国家，孩子们要为父母的违抗付出代价，父母也要为孩子们的违抗付出代价。有多少年轻人被禁止求学，只因为他们的父母不幸落难！有多少父母不得不忍气吞声，只为了不让灾祸落到他们的孩子头上？在这里，谁若想保留至少一丝丝的自由，谁就不应该生孩子。"雅库布说，说完就不作声了。

"您的十诫中，还有五条理由没有说呢。"伯特莱夫说。

"最后一条理由的分量是那么的足，光这一条就够顶上五条了，"雅库布说，"生一个孩子，就是跟人签订一个绝对的条约。假如我有了一个孩子，那我就好像是在说：我出生了，我品尝了生命，我证实它很美好，值得我们去重复。"

"那么，您难道不觉得生命是美好的吗？"伯特莱夫问。

雅库布想说得更确切，便谨慎地说："我只知道一件事，那就是，我永远也不可能带着彻底的坚信说：人是一种美妙的生命体，我愿意繁育他们。"

"这是因为，你仅仅只认识生命中唯一的、最糟的一面，"斯克雷塔大夫说，"你从来不善于生活。你总是在想，你的义务，就像人们说的，是生活于其中。在现实的中心。但是，对你来说，现实又是什么呢？政治。而政治，是生活中最不基本的和最不珍贵的东西。政治，是漂浮在河面上肮脏的浮沫，而实际上，生活之河则涌动于深深的洪流中。对女性生殖的研究，至少持续了好几千年。那是一段坚固而确实的历史。无论是哪一个政府在掌权，对它都没有丝毫的影响。至于我，当我戴上塑胶手套，检查女性器官的时候，我要比你更靠近生命的中心，近得多得多，因为你在关注人类的幸福时差点儿丢弃了自己的生活。"

雅库布没表示反对，他赞同他朋友的指责，而斯克雷塔大夫感到勇气大增，继续说道："阿基米德画着他的圆，米开朗琪罗雕着他的石块，巴斯德①摇着他的试管，是他们，仅仅只是他们，改变人类的生活，写下真正的历史，而那些政治家们……"斯克雷塔停顿一下，用手做了一个表示轻蔑的动作。

"而那些政治家们呢？"雅库布问道。接着他又说："我来替你说吧。如果说，科学和艺术实际上是历史真正的和本来的竞技场，那么，政治则相反，是一个封闭的科学实验室，在里面进行的是前所未闻的对人的试验。人类试验品一个接一个地连连落入圈套，随后又登上舞台，被鼓掌声迷惑，被绞刑架吓呆，被告密者揭露，

① Louis Pasteur（1822—1895），法国生物学家、化学家，现代微生物学的奠基人之一。

反过来又不得不成为告密者。我就在这实验中心工作，作为化验员，但我同样也多次作为牺牲品，被人拿去做活体解剖。我知道，我并没有创造任何的价值（并不比跟我一起在那里工作的人更多），但是，我在那里无疑要比别人更明白，人到底是什么。"

"我明白您的意思。"伯特莱夫说，"我也了解那种实验中心，尽管我从来没有在里面作为化验员工作，却总是作为试验品。战争爆发时，我正在德国。是那个我当时热恋的女人向盖世太保告发了我。他们前来找她，把我的一张照片给她看，照片上我正和另一个女人在床上。这使她很伤心，您知道，爱情常常带有仇恨的特性。我带着一种奇怪的感觉进了监狱，好像我是被爱情给引进去的。我落入盖世太保的魔掌中，并且我得知，事实上，这是一个被爱得太深的男人的特权，这一切难道还不精彩吗？"

雅库布答道："如果说，在人的身上，我总是发现某种让我深深厌恶的东西，那是因为我看到了，他们的残忍，他们的卑鄙，还有他们的愚蠢，往往披上了感伤情怀的外衣。她打发您去送死，她经历了一种被伤害的爱情的成功报复。因一个平凡而善良的女人的关系，您走上断头台，您在心里还以为，自己在一出莎士比亚可能为您而写的悲剧中扮演着一个角色。"

"战争结束后，她痛哭流涕地来找我，"伯特莱夫继续讲道，仿佛没有听到雅库布的插话，"我对她说：'请不必担心，伯特莱夫决不会报复。'"

"您知道，"雅库布说，"我常常想到希律王。您一定知道这故事。人们都说，当希律王得知犹太人的未来之王刚刚降生于世时，他下令屠杀所有的新生儿，生怕失去自己的宝座。从我个人来说，我以另外的方式想象着希律王，尽管我心里很清楚，那只是一种想象的游戏。依我看来，希律是一个有教养的、睿智的、非常慷慨的国王，曾长期地在政治实验室中工作，已经学会了认识生活与人。他明白，人是不应该被创造出来的。此外，他的怀疑也不是那么不合时宜，那么该遭指责的。我甚至还敢说，救世主也对人有过怀疑，也曾设想过要毁灭他的创造的这一部分。"

"是的，"伯特莱夫表示同意，"摩西在《创世记》的第六章谈到了这点：我要从地面上消灭我造的人类，因为我后悔造了他们①。"

"这兴许只是救世主在他某个软弱的时刻说的话，当时，他终于同意挪亚坐在他的方舟中逃难，以便人类的历史得以重新开始。我们是不是能确信，上帝从来没有后悔过这一软弱？只不过，无论他后悔过还是没后悔过，他对此已经无能为力了。上帝不能没完没了地改变自己的决定，而让自己显得滑稽可笑。但是，如若真的是他在希律王的脑子里播下了这一念头呢？这一可能性能够

---

① 在《创世记》第6章中，这段话是创世主自己，而不是摩西说的。原话为："我要将所造的人和走兽，并昆虫，以及空中的飞鸟，都从地上除灭，因为我造他们后悔了。"

排除吗？"

伯特莱夫耸了耸肩膀，什么都没说。

"希律是国王。他并不仅仅对自己一个人负责。他不能像我这样对自己说：让别人随心所欲地做他们喜欢做的事好了，反正我拒绝生育。希律是国王，他知道，他作决定的时候不应该只想到自己一个人，他还应该想到其他人，他是以整个人类的名义作出决定，人永远不再繁育了。正是这样，对新生儿的屠杀开始了，他的动机并不像传说中所显示的那么邪恶。希律受到了最崇高愿望的鼓舞：最终地把世界从人类的掌握中解放出来。"

"您对希律的解释令我非常高兴，"伯特莱夫说，"它是那么的令我高兴，以至于从今天起，我就要跟您一样来解释对无辜者的屠杀了。但是，不要忘了，就在希律王决定人类不再生存下去的那一时刻，一个逃过了他的屠刀的小男孩降生在伯利恒。后来，这个孩子长大了，他对人们说，只要有一件事，生命就足以值得去经历：这件唯一的事，就是人们的彼此相爱。希律无疑更有教养，更有经验。耶稣当然是一个毛头小伙子，对生命懂得并不太多。他的一切教导，兴许只能由他的年轻无知、他的不谙世事来解释。如果您愿意的话，不妨说，由他的天真幼稚。然而，他掌握着真理。"

"真理？谁证实了这一真理？"雅库布激动地说。

"没有人，"伯特莱夫说，"没有人证实过，也将不会有人来证实。耶稣是那么地喜爱他的天父，他不会承认他的作品是不好的。他是由爱得出这一结论的，而根本不是由理性。正因为如此，对他跟希律之间的争论，只有我们的心灵才能作出裁决。我们值不值得做一次人呢？我自己对这个问题拿不出任何证据，但是，对耶稣来说，我相信是的。"说完这句话，他微笑着转向斯克雷塔大夫："所以，我让我妻子来这里，接受一次在斯克雷塔大夫主持下的治疗，在我看来，他就是耶稣的神圣门徒之一，因为他知道怎么创造奇迹，怎么唤醒女人们麻木不仁的腹中的生命。我为他的健康干杯！"

10

　　雅库布总是以一种慈父般的严肃关爱奥尔佳，他喜欢开玩笑地把自己形容为"老先生"。然而，她知道，他却以完全不同的态度对待许多别的女人，为此，她真有些嫉妒她们。但是今天，她生平第一次想到，雅库布毕竟还是有点老了。在他对待她的方式中，她感觉到有一股发霉的味道在弥散，对一个年轻的生命来说，很难忍受前辈人的这种衰老气味。

　　老头儿们往往有一个习惯，凭着它，他们很容易找到自己的同类，人一老，就喜欢吹嘘自己往日里受过的苦，把它们变成一个博物馆，并邀请人来参观（啊，可惜，这些可怜的博物馆很少有人光顾！）。奥尔佳明白，她自身就是雅库布博物馆中最基本的活展品，雅库布对待她时表现出的利他主义的慷慨行为，其目的是要让来参观的人感动得热泪盈眶。

　　今天，她同样发现了这一博物馆中最珍贵的无生命物品：浅蓝色的药片。刚才，当他在她面前打开包着药片的绢纸时，她很惊讶，自己竟然没有感到丝毫的激动。她明白了，雅库布在生命中最困难的时刻，曾动过自杀的念头，然而，她觉得，他告诉她这件事时的那一份庄严，不免有些滑稽。她感到滑稽的还有，他是那么小心翼翼地展开那张绢纸，就仿佛里面包着的，是一颗昂贵的钻石。她实在弄不懂，他为什么要在他出发的那一天，把毒药还给斯克雷塔大夫，既然他执意地认为，任何一个成年人在任何情况下都应成为掌握自己死亡的主人。万一，到外国之后，他得了癌症呢，那时候他就不需要毒药了吗？噢，不，对雅库布来说，这药片不是一粒简单的毒药，而是一种象征性的道具，现在，他要在一种宗教般的仪式中把它还给大祭司。这里头有好笑的东西。

　　她走出浴池，朝里奇蒙大厦方向走去。尽管在各种奇思怪想中，她对问题已看得很透，她依然为见到雅库布而感到高兴。她特别想亵渎一下他的博物馆，这一次，不再是作为物品，而是作为女人在其中行事。当她在自己的房门上看到一张纸条，他在上面告诉她到隔壁的一个房间来找他时，她不禁稍稍感到有些失望。一想到要跟其他人待在一起，她的勇气顿时就消失了，尤其是她根本就不认识伯特莱夫，而斯克雷塔大夫平时总是以一种友善但又明显很冷漠的态度对待她。

　　伯特莱夫很快就让她忘记了羞怯。他在自我介绍时，朝她深深地鞠了一躬，并连声责怪斯克雷塔大夫直到今天才让他认识一位这么有意思的女人。

　　斯克雷塔回答说，雅库布交代过他，让他好好地照顾这位年轻女子，他当然不能随随便便地把她介绍给伯特莱夫，要知道，任何女人都抵挡不住他的诱惑。

伯特莱夫露出一丝满意的微笑，算是接受了这一歉意。然后他摘下电话，向餐馆订晚餐。

"真是不可想象，"斯克雷塔说，"我们的朋友居然把日子过得那么舒坦，在这么个鬼地方，你都找不到一家能供应一顿像样晚餐的餐馆。"

伯特莱夫在电话机旁一个打开的雪茄盒里掏着，那里头放满了半美元一枚的银币。"吝啬是一种罪孽……"他微笑着说。

雅库布提醒说，他从未见过一个如此虔诚地信仰上帝的人同时又如此善于享受生活。

"这无疑是因为，您还从未遇到过真正的基督徒。您肯定知道，福音书要传达的话语，就是一种喜讯。享受生活，就是耶稣最重要的教导。"

奥尔佳断定现在有了一个机会，可以插入他们的谈话中："我总是那么相信我们教授们的话，他们说过，基督教徒在世俗生活中看到的，只是一条泪谷，他们死死地抱定这样一个信念，真正的生活将在他们死后才开始。"

"亲爱的小姐，"伯特莱夫说，"不要相信教授们的话。"

"而所有的圣徒，"奥尔佳继续道，"从来就没有做过什么，只是拒绝生活。他们不做爱，而是鞭挞自己，他们不像你我这样争

142

论，而是隐居在修道院，他们从不打电话向餐馆订晚餐，而是咀嚼树根。"

"小姐，您对圣徒还一无所知。那些人可是无比地渴望生活的欢乐。只不过，他们是通过别的途径达到它。依您看来，对人来说，最高的欢乐是什么呢？您不妨试着猜测一下，但是，您会弄错，因为您还不够诚心诚意。我这么说不是在指责您，因为真诚需要自知之明，而自知之明则是年岁的成果。但是，一个像您一样青春焕发的年轻女郎，怎么可能是真诚的呢？她不可能真诚，因为她甚至不知道自己身上都有些什么。但是，假如她知道了，她就该跟我一起承认，最大的欢乐就是受人赞赏。您不认为是这样吗？"

奥尔佳回答说，她了解更大的欢乐。

"不，"伯特莱夫说，"举例来说吧，你们有一个优秀的赛跑选手，所有的孩子全都认识他，因为他一口气获得奥林匹克运动会的三项优胜。您认为他会拒绝生活吗？然而，他所迫切需要的，不是谈论，不是做爱，不是品尝美味，他最需要的，当然是花时间在体育场跑道上不断地跑圈。他的训练非常像我们那些最著名的圣徒所做的事。亚历山大城的圣马卡里乌斯①在荒漠中修行时，常常把沙土装满一个篓筐，挎在背上，就这样连续在无尽头的旷

————————

①　Saint Macaire d'Alexandrie（约301—395），下埃及人，基督教圣徒，最早的隐修士之一，曾在西特荒漠中隐修。

野中行走数日，直到筋疲力尽地倒下。但是，无论对你们的赛跑选手来说，还是对亚历山大城的圣马卡里乌斯来说，当然都存在着一种巨大的报偿，他们所有的努力都将从那里得到足够的回报。听到鼓掌喝彩声在一个巨大的奥林匹克体育场中响起，您知道那意味着什么吗？再没有比这更大的快乐了！亚历山大城的圣马卡里乌斯知道，他为什么要把一篓筐沙土背在背上。在荒漠中的马拉松式行走的光荣很快就传遍了整个基督教世界。而亚历山大城的圣马卡里乌斯就跟你们的赛跑选手一样。你们的赛跑选手首先赢得五千米，随后又赢得了一万米，而这对他还远远不够，最后，他夺取了马拉松的锦标。受人赞赏的渴望是不可遏止的。圣马卡里乌斯来到底比斯的一个修道院中，没有人认识他，他要求他们接纳他作为他们的一员。但是，随后，当封斋期来临时，他荣耀的时刻也就来到了。所有的僧侣坐着斋戒，而他呢，他整整四十天里一直站着斋戒！这真是一种你无法想象的成就！还有，你们不妨回忆一下柱头隐士圣西缅[①]！他在荒漠中建造了一根柱子，柱头上只有一个很狭小的平台。在上面连坐都不能坐，只能站在那里待着。他就在那柱头上站着度过余生，整个的基督教世界热烈地赞扬由一个人创造的这一奇迹，它几乎超越了人类的极限。柱头隐士圣西缅，就是五世纪时的加加林。有一天，当一个高卢

[①]　Saint Siméon Stylite（约390—459），基督教苦修者，柱头隐修的创始者。据说，他在一个柱头上生活了三十七年。

144

人商贸使团告诉巴黎的圣热娜薇耶芙[①]，柱头隐士圣西缅听说了她的事迹，并在高高的柱头上祝福她时，您能不能想象出她的幸福？您认为他为什么寻求打破纪录？兴许是因为他既不关心生活，也不关心人类？别那么天真了！教会的教士们心里很清楚，柱头隐士圣西缅是个很虚荣的人，他们是在考验他呢。他们以精神权威的名义，命令他从他的柱头上下来，放弃这一竞争。这对柱头隐士圣西缅来说，真是一个迎头痛击！但是，或许是出于明智，或许是出于狡猾，他服从了。教会的教士们，并不敌视他的纪录，但是他们只想明白一点，圣西缅的虚荣并没有超越他的戒律意识。当他们看到他满心忧愁地从他高高的栖身之处爬下来时，他们立即命令他再次爬上去，使得圣西缅可以在世人的一片爱戴和赞赏中，最后死在他的柱头上。"

奥尔佳认真地听着，当她听到伯特莱夫的最后那句话时，她哈哈地笑了起来。

"这种想赢得世人赞赏的渴望实在很好，没有丝毫可笑的地方，"伯特莱夫说，"渴望赢得别人赞赏的人，跟他的同类心心相连，他属于他们中的一员，没有他们，他便无法活下去。柱头隐士圣西缅独自一人在荒漠中，在一平方米的柱头上。然而，他却跟所有的人在一起！他想象千百万双眼睛在仰望着他。他存在于

---

① Saint Geneviève（约422—502），基督教圣女，巴黎的主保圣人。其本名日是一月三日。

千百万人的思想中，他为此而欣喜。这就是热爱生活、热爱人类的一个极好例子。亲爱的小姐，柱头隐士圣西缅以什么样的方式继续活在我们每一个人的心中，您是猜想不到的。直到今天，他还始终是我们生命存在的最佳的顶点。"

有人敲门，一个餐馆的侍者进了房间，他推着一辆小车，车上满载食物。他把一块桌布在桌上打开，然后摆上餐具。伯特莱夫在雪茄盒里掏了一阵，将一大把硬币塞进侍者的衣袋里。然后，他们开始吃饭，侍者站在桌子后，给他们斟酒，上一道道的菜。

伯特莱夫津津有味地评价着每一道菜的滋味，斯克雷塔强调说，他不知道已经有多久没有享受如此佳肴了。"最后一次，也许是我母亲做的菜，但那时候我还很小。我从五岁起就成了孤儿。我周围的世界是一个陌生的世界，就连饮食，在我眼中，也是那么的陌生。对食物的爱只能产生于对邻人的爱。"

"完全正确。"伯特莱夫一边说，一边把一块牛肉送到嘴里。

"一个被抛弃的孩子，会同时丧失食欲。请相信我的话，就是在今天，我仍然为自己没有父母而痛苦。请相信我的话，就是在今天，哪怕我已入老年，我都愿意付出任何的代价，来换得一个爸爸。"

"您过高地估价了家庭关系，"伯特莱夫说，"所有的人都是您的邻人，别忘了耶稣说过的话，当别人想把他叫回到他母亲和他兄弟们的身边，他指着他的门徒们说：我的母亲和我的兄弟们就在这里①。"

"然而，神圣的教会没有丝毫的愿望，"斯克雷塔大夫还想争辩一下，"打算毁掉家庭，或者用所有人的自由共同体来代替家庭。"

"在神圣教会和耶稣之间，有一种区别。而圣保罗②，假如你们允许我说到他的话，在我的眼中，是耶稣的继承者，但他同时也是耶稣教义的篡改者。首先，有从扫罗到保罗的这一突变！难道我们还没有见够那些激昂的狂热分子，仅仅一夜之间就彻底改变了信仰？但愿没有人前来对我说，那些狂热分子也是受着爱的引导！他们是嘟囔着他们的十诫的说教者。但是，耶稣不是一个道德说教者。你们还记得，当别人指责他不够尊重安息日时，他说过的话吧。安息日是为人设的，人却不是为安息日而生的。③耶稣喜爱女人！你们能不能想象一个带有情人特点的圣保罗？圣保罗可能会谴责我，因为我喜爱女人。而耶稣就不。爱女人，爱许多的女人，被女人爱，被许多的女人爱，我实在看不出这有什么不好的。"伯特莱夫微微一笑，他的微笑表达了一种极大的自我满

---

① 见《马太福音》第 12 章第 46—50 节；也见《马可福音》第 8 章第 11—12 节；《路加福音》第 11 章第 29—32 节。

② Saint Paul，原名扫罗，早期反对并迫害耶稣的门徒，后来在去耶路撒冷的路上，他被上帝的灵唤醒，顿时皈依耶稣。

③ 见《马可福音》第 2 章第 27 节；也见《马太福音》第 12 章第 1—8 节和《路加福音》第 6 章第 1—5 节。

147

足："我的朋友们，我过去的生活很不容易，我不止一次地看到死神与我擦肩而过。但是，有一件事能够证明，上帝待我是慷慨的。我有过很多很多的女人，她们曾爱过我。"

就餐者已经吃完了饭，侍者开始撤桌子，这时候，又听到有人敲门。敲门声很轻，很小心，似乎在请求人给予鼓励。"请进！"伯特莱夫说。

门开了，一个孩子走进来。这是一个小姑娘，大约五岁的样子；她身穿一条镶边饰的白裙子，白色的宽裙带在背上结成一个大蝴蝶结，两个尖头像是两个翅膀。她手里拿着一朵花：一朵很大的大丽花。看到房间里那么多的人一齐把目光投向她，显出那么惊讶的神色，她就停住脚步，不敢向前。

但是，伯特莱夫站起身来，他的脸顿时焕发出光彩，他说："别害怕，我的小天使，过来吧。"

孩子看到伯特莱夫的微笑，似乎从中得到依靠，开心地笑了起来，赶紧跑向伯特莱夫。伯特莱夫接过她手中的花，在她的脑门上吻了一下。

所有的就餐者和那个侍者都好奇地观望着这一幕。背上扎着大大的白色蝴蝶结的孩子，真的很像一个小天使。伯特莱夫站在那里，手里拿着大丽花，身子向前俯下，使人联想到常常能在一些小城市广场上见到的巴罗克风格的圣徒雕像。

"亲爱的朋友们，"他说，转身朝向他的来客，"我跟你们一起度过了一段十分愉快的时光，我希望你们也觉得如此。我本来很愿意跟你们一起一直待到下半夜一点钟，但是，正如你们已经看到的那样，我不可能这样做了。这个美丽的小天使跑到这里叫我来了，我必须赶去看望一个人，那人正等着我呢，我已经对你们说过，生活以各种各样的方式打击我，但是，女人们爱过我。"

伯特莱夫一只手把大丽花举在胸前，另一只搭在小姑娘的肩膀上。他向他那一小群来客致意。奥尔佳觉得他滑稽得像在演戏，她很高兴能看着他离开，很高兴最后她能单独跟雅库布待在一起。

伯特莱夫转过身子，用手拉住小姑娘，朝门口走去。在出门之前，他向雪茄盒俯下身子，抓了一大把银币装在衣袋里。

11

侍者把脏盘子和空瓶子摆到小推车上，当他走出房间后，奥尔佳问道：

"那个小姑娘是谁？"

"我从来没有见过她，"斯克雷塔说。

"她真的很像一个小天使，"雅库布说。

"一个为他提供情妇的天使？"奥尔佳问。

"是的，"雅库布说，"一个拉皮条和做媒婆的天使。我想象中的他的守护天使正是这样的。"

"我不知道这是不是一个天使，"斯克雷塔说，"但是，奇怪的是，我还从来没见过这个小姑娘，尽管我认识这里几乎所有的人。"

"这么说来，我就只有一种解释，"雅库布说，"她不是这里的人。"

"不管她是一个天使，还是一个打扫房间的清洁女工的女儿，有一件事情我是可以担保的，"奥尔佳说，"他不是去会一个女人的！这家伙实在虚荣得令人可怕，他只会吹牛。"

"我觉得他很可爱，"雅库布说。

"这很可能，"奥尔佳说，"但我还是坚持认为，这家伙是我见过的最虚荣的人。我敢跟你们打赌，在我们来到之前的一个小时，他给了这个小姑娘一把半美元的硬币，他让她在规定的时刻带着一朵鲜花来找他。虔敬的信徒们对神迹的表演总是有一种敏锐的感觉。"

"我衷心地希望您说的是事实，"斯克雷塔大夫说。"确实，伯特莱夫先生病得很厉害，一个爱情之夜是会让他遭遇生命危险的。"

"您瞧，我说得没错吧。他所有关于女人的影射都不过是自吹自擂的大话。"

"亲爱的小姐，"斯克雷塔大夫说，"我是他的医生和他的朋友，然而，我却并不那么确信。我还在问我自己呢。"

"他真的病得很严重吗？"雅库布问。

"你想，他为什么在这里住了差不多一年时间，而他那么迷恋着的年轻妻子，只是偶尔才来看望他呢？"

"没有了他，这里一下子变得有些沉闷了，"雅库布说。

确实，他们三人都感到突然被人抛弃了，他们都不愿意在这个房间里再多待下去，他们都觉得这不是在自己家里。

斯克雷塔从椅子上站起身来，说："我们先陪奥尔佳小姐回去，然后，我们再去转一圈。我们还有很多事要谈。"

奥尔佳很不高兴地反对道："我现在还不想回去睡觉！"

"该回去了，现在已经很晚了。我作为医生，命令您回去休息，"斯克雷塔很严肃地说。

他们走出里奇蒙大厦，进入公共花园。走着走着，奥尔佳找到一个机会，悄悄地对雅库布说："我想跟你一起度过这一晚上……"

但雅库布只是耸了耸肩膀，因为斯克雷塔执意坚持他的安排。他们把年轻女郎送回卡尔·马克思公寓，当着他朋友的面，雅库布甚至都没有像习惯的那样抚摩一下她的头发。大夫对李子般乳房的反感，使他突然失去了勇气。他从奥尔佳的脸上看出了她的失望，他为自己伤了她的心而难过。

"嗨，你觉得怎样？"斯克雷塔问道，这时候，他已经单独跟他的朋友走在公共花园的小径上。"当我说我需要一个父亲的时候，你一定听到我的话了。甚至连一块石头都会对我产生怜悯之心的。而他，他却开始谈起了圣保罗！他真的无法明白吗？差不多有两年了，我一直对他解释说，我是个孤儿，两年了，我对他反复强调一本美国护照的好处。我还千百次暗示了各种各样收养的例子。按照我的盘算，所有这些暗示早该使他想到来收养我了。"

"他早就被他自己吓傻了。"雅库布说。

"是这样的。"斯克雷塔表示同意。

"假如他真的病得很严重，这倒没有什么可奇怪的，"雅库布说。"他真的像你说的那样痛苦吗？"

"还要更痛苦呢，"斯克雷塔说。"六个月之前，他刚刚有过一次十分严重的心肌梗死，从此后，他被禁止长途旅行，他在这里生活得像是一个囚徒。他的生命悬于细丝，岌岌可危，他自己也知道这一点。"

"你看，"雅库布说，"在这一情况下，你早该明白，暗示的方法并不好，因为无论哪一种暗示，都只能在他身上引起一种对他自己的反思。你应该直截了当地向他提出你的要求。他当然会直面现实，因为他喜欢让别人愉快。这也符合他对他自己的想法。他愿意让他的同类愉快。"

"你真是个天才！"斯克雷塔大声嚷道，停住了脚步。"这简单得就如同哥伦布的鸡蛋①，恰恰就是这样！瞧，我真傻，我白白浪费我两年的生命，因为我一直不知道该怎样猜测他的心！我花费了整整两年的生命无谓地拐弯抹角！这是你的错，因为你本该早早地就给我一个建议了。"

"瞧你！你自己早就该来问我的嘛！"

"两年多了，你都没有来看过我！"

两个朋友行走在漆黑的公园里，呼吸着初秋夜晚的清凉空气。

---

① 哥伦布发现新大陆后，不少人说他的发现靠的不是聪明才智和勇气毅力，而是侥幸走运。为反击那些人，哥伦布请他们"使鸡蛋站立在桌子上"，结果谁都不能。于是，哥伦布把蛋壳磕破，鸡蛋便站在桌子上了。

"既然我已经让他当上了父亲，我兴许有资格让他认我当儿子吧！"斯克雷塔说。

雅库布表示同意。

"我的不幸，"久久一阵子沉默后，斯克雷塔继续道，"是我周围尽是一些白痴。在这个小城市里，我能够找到什么人请教一二吗？人只要生得聪明一些，就全都逃脱不了流亡的命运。我别的什么都不想，只想到了一点，因为这是我的专业：人类制造了一大群数量多得令人难以置信的白痴。一个人越是傻，他就越是想生殖。完美的生命最多生育一个孩子，而最优秀的，像你这样，则决定根本就不生育。这是一个灾难。而我，我经常在想，梦想能有这样的一个世界，一个人不是诞生于陌生人之中，而是在兄弟们之中。"

雅库布听着斯克雷塔的话，觉得话里没什么太有意思的东西。斯克雷塔继续道：

"别以为这仅仅是一句话！我不是一个政治家，而是一个医生，兄弟这个词对我来说，具有一个精确的意义。那些至少有一个共同的父亲或一个共同的母亲的人，才是兄弟。所罗门的所有儿子，尽管他们诞生于一百个不同母亲的肚子，全都是兄弟①。这真是奇妙至极！你以为如何？"

---

① 见《圣经·旧约·列王纪（上）》第 11 章第 1—3 节，所罗门曾娶七百个公主，另有三百个嫔妃，子孙无数。

雅库布呼吸着清凉的空气，不知道该说些什么才好。

"显然，"斯克雷塔继续道，"很难迫使人们在性交的时候考虑子孙后代的利益。但是，我要讨论的不是这些。在我们的世纪，毕竟还应该有其他的方法，来解决合理生育孩子的问题。人们不能永远地把爱与生殖混淆在一起。"

雅库布同意这一想法。

"只不过，你感兴趣的唯一事情，你，是让性爱从生殖中摆脱出来，"斯克雷塔说。"而对我来说，问题更是让生殖从性爱中摆脱出来，我打算把我的计划告诉你。在试管中的，都是我的精液。"

这一次，雅库布的注意力被唤醒了。

"你觉得这个怎么样？"

"我觉得这是一个奇妙的主意！"雅库布说。

"奇妙无比！"斯克雷塔说。"用这个方法，我已经治愈了不少女人的不育症。别忘了，如果说许多女人不能有孩子，那仅仅是因为她们的丈夫是不育的。我在整个国家有一大批患者，四年来，我在城里的门诊所作一些妇科检查。在一个注射器里配上精液，然后往女病人的肚子里输入这生命之液，那只是一件轻而易举的小事。"

"你有了多少孩子？"

"好几年了，我一直这么做，不过，对具体的数字，我只能猜一个大致差不离。我并不能总是确信我的父亲身份，因为我的病人对我不忠，假如我可以把她们跟她们的丈夫睡觉称作不忠的话。而且，她们事后就回家了，以至于我从来就不知道我的治疗成功了没有。至于住在这里的病人，事情就比较明确了。"

斯克雷塔噤声不语了，雅库布也沉浸于一种温柔的冥想中。斯克雷塔的计划让他着迷，他有些激动，因为他在他老朋友的身上发现了他的本性，他真是一个不知悔改的梦想者。想到这里，雅库布说："这大概是一件极有意思的事吧，跟那么多的女人有孩子……"

"而且，他们都是兄弟。"斯克雷塔补充道。

他们默不作声地走着，呼吸着清香的空气。斯克雷塔又接过话头：

"你知道，我常常对自己说，尽管这里有许多令我们不快的事情，我们还是要对这个国家承担责任。我不能自由地去外国旅行，这让我深感愤怒，但是我永远也不能由此责骂我的国家。我首先必须责骂的，应该是我自己。我们中间有谁曾经做了什么，让这个国家变得更好一些？我们中间有谁曾经做了什么，让我们可以在其中生活？让它成为那样的一个国家，人们生活在其中觉得是在自己的家里？仅此而已，觉得是在自己的家里……"斯克雷塔放低嗓门，开始娓娓而谈："觉得是在自己的家里，就是说，觉得是在自己人中间。既然你已经说过，你要去外国了，我想，我应该说服你参加到我的计划中来。我为你准备了一个试管。你要去外国了，而在这里，你的孩子将来到这个世界，十年后，或者二十年后，你将看到，这会是一个多么灿烂辉煌的国家啊！"

夜空中悬着一轮圆月（它将一直留到我们故事的最后一夜，基于这一理由，我们可以把这个故事形容为月光故事），斯克雷塔大夫陪雅库布返回里奇蒙大厦。他说："你不应该明天就走。"

"我必须走。有人在等我。"雅库布说，但是，他知道，他兴许会被说服而留下来。

"这样不好吧，"斯克雷塔说，"我很高兴我的计划能让你喜欢。明天，我们来好好地讨论一下。"

第四天

1

克利玛夫人已经准备出门了，但是她丈夫还躺在床上。

"今天早上，你不是也要出门的吗？"她问。

"我又不用太着急！我还有不少时间，可以慢慢地去找那些傻瓜。"克利玛回答说。他打了一个哈欠，一翻身，脸朝向另一侧。

两天前的深夜，他已经对她说了，在那次使人疲惫不堪的报告会上，他不得不作出保证，为一些业余乐队提供帮助，作为具体措施，在星期四晚上，他要去一个温泉小城，跟演奏爵士乐的一个药剂师和一个医生一起，举办一场音乐会。他骂骂咧咧地大声说着这一切，但克利玛夫人直直地盯着他看，她看得很清楚，那几声咒骂并不表达一种真挚的愤怒，因为根本就没有什么音乐会，克利玛瞎编出它来，唯一的目的就是掩人耳目，好安排时间跟一个情妇偷偷地幽会。从他的脸上，她已经读出一些东西来了；他什么都瞒不了她。当他骂骂咧咧地翻身朝向另一侧时，她立即明白，他其实并不困，他只是不想让她看见他的脸，想阻止她打量他。

随后，她就去她的剧院了。好几年前，当她的病剥夺了她灯火辉煌的舞台生涯时，克利玛为她找到一份当秘书的工作。这工作还算不叫人讨厌，她每天都能见到一些很有意思的人，她还能相当自由地支配自己的时间。她坐在办公桌前，准备起草好几份公函，但她的精力总是无法集中。

没有任何东西能像嫉妒那样消耗一个人的全部精力。一年前，卡米拉失去自己的母亲时，那显然是一件比小号手的偷情更令人悲伤的事。然而当时，她深深爱着的母亲的死，还不像现在那样让她痛苦。那一痛苦幸运地点缀了多种多样的色彩：在她的心中，有忧虑，有怀恋，有激动，有后悔（卡米拉有没有足够地关心她的母亲？她是不是有些忽略了母亲？），同时，还有一丝恬静的微笑。那一痛苦幸运地朝各种各样的方向分散：卡米拉的思绪落到母亲的棺材上，弹起来，飞向回忆，飞向她自己的童年，甚至飞得更遥远，飞向她母亲的童年，它们飞向数十种日常的操心事，它们飞向开放的未来，而在未来中，像是一种慰藉那样，勾勒出克利玛的身影（是的，那是一段例外的日子，那时候，她的丈夫对她来说确实是一种慰藉）。

而嫉妒的痛苦，则正好相反，它并不在空间中运行，它像是一把铣刀那样，始终围绕着唯一的一个点旋转。没有扩散。如果说，母亲之死打开一道通向未来（一个不同的，更为坚实的，也更为成熟的未来）的门，而由丈夫的不忠引起的苦痛并不打开任何的未来。一切都集中在唯一（因而始终不变地在场）的不忠之躯的意象上，在唯一（因而始终不变地在场）的谴责上。当她失去她的母亲时，她还可以听听音乐，她甚至可以读读书；而当她嫉妒时，她什么事情都做不成。

早在头一天，她就产生过念头，动身去温泉城，以便证实那可疑的音乐会是否确实将要举办，但她立即放弃了，因为她知道，她的嫉妒会惹克利玛发火，她不应该对他公开地表示嫉妒。但是，嫉妒总是在她的心中旋转，像是一台启动的马达，她情不自禁地拿起了电话。为了给自己找一个理由，她对自己说，她就往火车站打一个电话，没有特别的目的，随便打一个，因为她实在无法集中自己的精力，去撰写她的公函。

当她得知，火车上午十一点开，她便想象自己穿行在几条陌生的街道上，寻找着一张写有克利玛名字的海报，跑到旅游咨询处，去问人家是不是知道有一场音乐会，她丈夫是不是要演奏什么，当她听人回答没有音乐会时，她便在一个荒凉而又陌生的城市中东游西荡，像一个丢了魂的可怜虫。她随后还想象，第二天，克利玛会如何对她谈起音乐会，而她会如何刨根问底地打听细节。她将直瞪瞪地盯着他的脸，她将听着他胡编瞎造，她将带着一种苦涩的欲望喝下那浸泡着谎言的毒药。

但是，她立即又对自己说，她不应该如此胡思乱想。不，她不能够整整好几天，整整好几个星期地窥伺并哺育着她的嫉妒的形象。她担心失去他，而正由于这种害怕，她到后来还可能真的失去他！

　　但是，另一种声音立即带着某种狡猾的天真回答：可是，不！她不会去窥伺他的！克利玛对她肯定地说过，他要举办一场音乐会，她相信他的话！恰恰因为她不愿意再嫉妒了，她才很当真地，她才毫不怀疑地接受了他肯定的说法！他不是对她说过吗，他很不情愿去那里，他担心在那里会度过一个枯燥的白天和一个枯燥的晚上！那么，她仅仅只是为了准备给他一个惊喜，才决定去那里找他！音乐会结束后，当克利玛带着厌恶的心情向听众告别，同时想着累人的归途时，她将一步冲到舞台跟前，他将看见她，然后，他俩就都笑了。

　　她把好不容易写完的信件交给剧院经理。她在剧院中很是引人注目。大家都喜欢她，作为一个著名音乐家的妻子，她表现得实在很谦逊，很和蔼。偶尔从她身上表露出来的忧愁，更解除了别人对她的戒心。经理什么都不能拒绝她。她保证星期五下午就回来，然后在剧院里加班到晚上，把耽误的工作全给补回来。

2

上午十点钟，奥尔佳像往日一样，刚刚从露辛娜手中接过一大块白浴巾和一把钥匙。她走进一个小间，脱去衣服，把它们挂在一个衣架上，把浴巾像一件古代道袍一样往身上一搭，锁上小间，把钥匙交给露辛娜，就朝尽头浴池所在的大厅走去。她把浴巾搭在栏杆上，走下台阶，浸到水中，池水中已经泡了许多女人了。浴池并不很大，但奥尔佳相信，为了她的健康，必须游一下泳，于是她试着划了几下水。她激起的水花正溅在一个女士滔滔不绝地说着话的大嘴里。"您疯了吗？"这位女士很不高兴地冲奥尔佳喊道，"这里不是游泳池！"

女人们都坐在水池边上，像是一只只大蛤蟆。奥尔佳有些害怕。她们全都比她岁数大，而且都更肥壮，她们的脂肪更厚，皮肤也更皱。于是，她也坐到她们中间，受了委屈似的纹丝不动，皱着眉头。

突然，她发现一个男青年出现在大厅的入口；他个子矮小，身穿一条蓝色牛仔裤和一件有破洞的羊毛衫。

"那家伙闯到这里来做什么？"她叫嚷起来。

所有的女人一齐把目光转向奥尔佳所指的方向，开始唧唧喳喳地大呼小叫起来。

　　就在这时候，露辛娜走进大厅，喊道："你们看到的是来拍电影的。他们要为你们拍一些镜头，用在新闻片里。"

　　轰的一下，浴池里的女人哄堂大笑起来。

　　奥尔佳抗议道："这算是怎么回事！"

　　"他们获得了上级的批准。"露辛娜说。

　　"我才不管什么上级呢，没有人征求过我的意见！"奥尔佳还在嚷嚷。

　　身穿破羊毛衫的小伙子（他的脖子上挂着一个仪器，用来测量光线的强度）走近浴池，咧着嘴瞧着奥尔佳，她觉得他的嘴脸很是淫荡。他说："小姐，当成千上万的观众在银幕上看到您时，您将让他们神魂颠倒！"

　　女人们又报以一阵哄堂大笑，奥尔佳用两手捂住她的胸脯（这并不困难，因为我们都知道，她的乳房像是两颗李子），蜷缩在其他女人身后。

　　另外两个穿牛仔裤的家伙也朝浴池走来，高个子的那个大声呼叫着："请大家注意，你们要尽量地保持自然，就当我们不在这里好了。"

　　奥尔佳把手伸向栏杆，去拿挂在那里的浴巾，她把它围在依然泡在水中的身上，然后，她爬上台阶，脚踏上大厅的方瓷砖地面；湿淋淋的浴巾滴滴答答地滴着水。

"他妈的！别这样就走啊！"穿着破羊毛衫的小伙子高喊道。

"您还应该在水里再待一刻钟！"露辛娜也跟着喊道。

"她害臊了！"全浴池的人在她背后放声大叫。

"她怕人把她的美貌抢走！"露辛娜说。

"你们看见她了吗，一个公主！"浴池中传来这样的一个嗓音。

"当然啦，不愿意让他们拍电影的人尽可以走开。"穿牛仔裤的高个子语气平和地说。

"我们不怕难为情，我们这些人！我们是漂亮的女人！"一个肥胖的女士说，嗓音像喇叭那么响亮，水面上顿时滚动起一阵笑浪。

"可是，不应该让那位小姐走了呀！她还应该再泡一刻钟呢！"露辛娜一边嘟囔着，一边目送奥尔佳固执地走向更衣处。

3

　　人们实在不能怪露辛娜，她心情不太好。但是她为什么对奥尔佳拒绝让人拍电影如此恼火呢？她为什么把自己彻底认同于那一群胖女人，跟她们一起欢快地唧唧喳喳乱叫，迎接这帮男人的到来？

　　到底，那些胖女人为什么那么欢快地大呼小叫？难道不是因为她们想在青年小伙子面前展示自己的美，并诱惑他们吗？

　　当然不是。她们露骨的恬不知耻恰恰来自一种确信，相信她们自己并不拥有丝毫诱人的魅力。她们极其憎恶年轻的女性，希望展现她们在性别上已然无用的肉体，来嘲弄和侮辱女性的裸体。她们想通过自己毫无优雅可言的肉体来复仇，来损害女性之美的荣耀，因为她们知道，肉体，无论是娇美的还是残损的，毕竟还是同一类肉体，残损的肉体会把自己的阴影投射到美丽的肉体上，只要它在男人的耳边悄悄地说：瞧，让你神魂颠倒的这一肉体的真相就是如此！瞧，这松松垮垮的胖奶子，跟你如此渴望欣赏的乳房就是同一个玩意儿。

　　浴池中胖女人们不知羞耻的欢快，是围绕着转瞬即逝的青春的一种恋尸般的轮舞，尤其因为有一个年轻女郎在场，在浴池中成为牺牲品，这一轮舞才更显得那么的欢快无比。当奥尔佳把自己裹在浴巾中时，她们把这一动作解释为对她们残酷礼仪的一种挑战，她们开始变得怒气冲天。

但是，露辛娜既不肥胖，也不衰老，她甚至比奥尔佳还要年轻！那么，她为什么不跟她一个鼻孔出气呢？

如果说，她已经决定去堕胎，如果说，她已经相信一种幸福的爱情在等待着她跟克利玛，她就会反其道而行之。意识到自己被人爱着，会使女人超群脱俗，露辛娜就会狂喜不已地体验她那无法模仿的特立独行。她就会在胖女人们的身上认出敌人，而把奥尔佳认作自己的姐妹。她就会过来援助她，就像惺惺惜惺惺，美人帮美人，幸者助幸者，恋人为恋人。

但是，露辛娜一夜都没有睡好，这一夜过后，她便认定，她不能够寄希望于克利玛的爱情，而使她超群脱俗的一切因素也都如幻觉一样烟消云散了。她所拥有的唯一东西，就是在她肚子里的这一受到社会和传统保护的生命的萌芽。她所拥有的唯一东西，就是女人命运的光荣的普遍性，这一普遍性允诺，它要为她而斗争。

而在浴池中的这些女人，恰恰代表了普遍意义上的女人性：怀孕、哺养孩子、红颜衰尽的女人性，冷冷地嘲笑那种追求短暂一瞬间的女人性，对，那种可笑的想法竟以为，就在女人认为自己被人爱的这一瞬间中，她感觉到自己是无法模仿的特立独行者。

在一个确信自己是特立独行者的女人，跟那些披上了女性共同命运外衣的女人之间，没有任何和解的可能。在经过一夜无眠的沉重思索后，露辛娜站到了那些女人们的行列中（可怜的小号手啊！）。

4

雅库布握着方向盘，鲍博坐在他身旁的前座上，不时地朝他转过脑袋，去舔他的脸。驶过小城最后的一批小洋房后，便看到一座座的高楼大厦拔地而起。去年还见不到这些塔楼，雅库布只觉得它们面目狰狞。在绿茵茵的一片风景中，它们就像一把把扫帚立在花盆中那样。雅库布抚摩一下鲍博，它便心满意足地欣赏起风光来，他心里想，上帝对待狗还算是仁慈的，他没有往它们的脑袋中灌输审美的概念。

狗又舔了舔他的脸（它兴许觉得，雅库布在一直想着它），雅库布对自己说，在他的国家，事情既没有改善，也没有恶化，但它们变得越来越好笑了：往日里，他成了人捕猎人的牺牲品，而在昨天晚上，他见证了一场人对狗的捕猎，仿佛那依然是并始终是同一幕场景，只是分配的角色不同而已。在这幕戏里，退休的老年人扮演了预审法官和卫士的角色，被投入牢狱的政治家在这里则为狗代替，一条拳师犬，一条杂种狗，一条小猎狗。

他回想起几年前在布拉格，他的邻居发现他们的猫被人钉在他们自己家的门上，猫的眼睛上钉着两枚钉子，舌头被割下，腿脚被绑住。街上的孩子们玩的是成人游戏。雅库布在鲍博的脑袋上抚摩一下，把汽车停在小旅店的门口。

当他下车时，他本想那狗会欢蹦乱跳地奔向自己家的门。但是，鲍博并没有撒腿飞跑，却是围绕着雅库布东蹦西跳，想跟他玩。然而，当一个声音喊道，鲍博！狗就像一支离弦之箭，飞向站在门槛前的女人。

"你真是个屡教不改的流浪汉。"她说。接着，她连声向雅库布表示道歉，问他这狗给他添了多久的麻烦。

当雅库布回答说，狗在他那里过了一夜，他现在刚刚开车送它回来时，女人忙不迭地连连道谢，并请他进门。她请他在一个特殊的厅堂中落座，那里想必是举办宴会聚餐的地方，接着，她就走出去叫她的丈夫。

过一小会儿，她又回来了，带来一个年轻的男子，他坐到雅库布身边，并跟他握手。他说："您肯定是一个有来头的贵人，特地开着车，送鲍博来到这里。这狗真是傻，只知道东游西荡，不过，我们很喜欢它。您是不是在这里吃些什么东西？"

"很愿意。"雅库布说。于是那女人就跑到厨房去了。然后，雅库布讲起了他是如何从退休者的追捕中把鲍博救下来的。

"那帮混蛋！"男人嚷嚷起来，然后朝厨房方向转过脑袋，叫着他的妻子，"薇拉！快到这里来！你听说了吗，那帮混蛋在那下边都干了些什么！"

薇拉托着一大盆热气腾腾的菜汤回到厅堂。她坐了下来，于是雅库布不得不又讲了一遍他昨天的历险。狗趴在桌子底下，任人挠着它的耳根。

当雅库布用完菜汤时，这一次轮到男人站起来，跑到厨房里去，端回来一盘烤肉馅饼。

雅库布待在窗口，感觉很惬意。男人咒骂着那下边的人们（雅库布很吃惊：那男人把他的餐馆当作一个很高的地方，就像是一座奥林匹斯山，就像是一个高高在上的观赏点），女人回来了，手里牵着一个两岁的小家伙。"谢谢这位先生，"她说，"是他带回了鲍博。"

小男孩嘟嚷了几个含糊不清的词句，并对雅库布笑了笑。屋外一片明媚的阳光，发黄的树叶在敞开的窗户处平静地摇曳。四下里寂静无声。旅店确实高踞于喧嚣的世界之上，充满一派宁静。

尽管雅库布拒绝生育孩子，他还是喜欢孩子的。他说："您有一个漂亮的小男孩。"

"他很逗，"女人说，"我不知道他的这个大鼻子像谁。"

雅库布回想起他朋友的大鼻子，就说："斯克雷塔大夫对我说过，他给您看过病。"

"您认识大夫？"男人快乐地问道。

"他是我的朋友。"雅库布说。

"我们非常感谢他。"年轻的母亲说道，于是，雅库布想到，这孩子兴许是斯克雷塔优生学计划的成功作品之一。

"哪里是一个医生，简直是一个巫师！"男人敬佩地说。

雅库布幻想，在这个笼罩着一片伯利恒般的宁静的地方，这三个人物构成了圣家，他们的孩子并不诞生自一个人类的父亲，而诞生自上帝-斯克雷塔。

长着又长又大鼻子的孩子，又一次说了几句含混难辨的话，年轻的父亲瞧着他，脸上洋溢着幸福的微笑。"我倒是老在问自己，"他对他妻子说，"你们家的祖宗里，有谁长着一个又长又大的鼻子。"

雅库布莞尔一笑。一种好奇的念头悄悄地爬上他的脑袋：斯克雷塔大夫是不是也用一管注射器，让他自己的妻子怀上一个孩子呢？

"我说的没有道理吗？"年轻的父亲问道。

"当然有道理。"雅库布说，"当我们很久以来一直静静地躺在坟墓中时，我们的鼻子却在世界上继续漫游，一想到这个，我们的心中就产生一种极大的安慰。"

所有人都哈哈大笑起来，想到斯克雷塔可能就是这孩子的父亲，雅库布似乎觉得，眼前他正在做着一个奇怪的梦。

5

　　弗朗齐歇克从那位女士手中接过钱，他刚刚替她修好冰箱。他走出屋子，骑上他那辆忠诚的摩托车，准备赶往小城的另一端，去他的公司缴当天的营业额。他们的服务公司负责整个地区的电器维修业务。才下午两点多，他就干完活儿自由了。他又发动摩托车，驶向温泉疗养院方向。在停车场上，他发现了那辆白色的高级轿车。他把摩托车停在轿车旁边，沿着金合欢树的树阴走，一直走向人民之家，因为他猜小号手可能在那里。

　　驱使他到那里去的，既不是大胆卤莽，也不是争胜好斗。他并不打算闹出什么丑闻来。相反，他决心竭力克制自己，逆来顺受，卑躬屈膝。他对自己说，他的爱是那么的伟大，他完全可以凭借着爱的名义忍受一切。就像童话故事中的王子那样，可以为了心中的公主，承受住所有的痛苦和所有的折磨，迎头痛击恶龙，只身漂洋过海，他随时准备接受异乎寻常的侮辱。

　　他为什么如此谦卑？他为什么不把恋情转到另一个女孩子身上，既然在这个温泉小城中，年轻女人多得会让他挑花了眼？

　　弗朗齐歇克比露辛娜要年轻得多，他实在太年轻了，这对他来说很不幸。当他将来更为成熟时，他将会发现事物的转瞬即逝，他将明白，在一个女人的地平线后面，还将展开另外一些女人的地平线。只不过，弗朗齐歇克现在还不知道什么叫做时光。从童年时代起，他生活在一个持续着但不改变的世界中，他生活在某种始终不变的永恒中，他也始终有着同一个父亲和同一个母亲，而露辛娜，她使他成为了一个男人，她高高地在他之上，像苍穹一样覆盖在他上面，唯一可能的苍穹。他无法设想，没有了她，他的生活会是什么样子。

昨天，他曾乖乖地向她承诺，不再暗中跟踪她，甚至就在那一刻，他已经真心地决定不再纠缠她。他对自己说，他只是对小号手本人感兴趣，假如他现在跟踪的是他，他就算没有真正违背自己的诺言。但是，与此同时，他知道，这只是一个借口而已，露辛娜会谴责他的行为，但他根本控制不了自己，那是情不自禁的，所有的反思，所有的决心，全都无用，这就像吸毒那样上了瘾：他必须看到他，他必须再一次看到他，久久地，近近地。他必须直面他自己的痛苦。他必须看着这个肉体，在他看来，这一肉体与露辛娜肉体的结合是不可想象的，是无法相信的。他必须看到他，亲眼证实一下，想象他俩肉体的结合到底是可能，还是不可能。

在舞台上，他们正在排练：斯克雷塔大夫演奏打击乐，一个小个子男人在弹钢琴，而克利玛吹着他的小号。几个酷爱爵士乐的小青年偷偷溜进来，正坐在大厅里，看他们的排演。弗朗齐歇克用不着担心他来这里的动机会被人看穿。可以肯定的是，星期二晚上，小号手被摩托车的车灯照花了眼，没有看清他的脸，而且，多亏了露辛娜的小心谨慎，他跟这个年轻女郎之间的事，也没有人知道太多。

小号手让乐手们停下来，自己坐到钢琴前，为那个小个子男人演示了一段，采用的是另一种节奏。弗朗齐歇克坐在大厅最后一排的一把椅子上，慢慢地想象自己变成一个影子，这一天，它将不会离开小号手一秒钟。

6

　　他从森林小旅店驱车返回，为身边不再有一条不时来舔他脸的欢快的狗而感到遗憾。随后，他想到，在他四十五年的生命中，他居然成功地使他身边的这一位子保持空闲，这真是一个奇迹，这样，他现在就可以轻松地一走了之，离开这个国家，没有行李，没有累赘，独自一人，带着依然充满青春气息的虚假（然却漂亮）的外表，像是一个刚刚开始为未来奠定基础的大学生。

　　他试图集中精力，好好想一想他即将就要离开的祖国。他竭力回顾他过去的生活。他竭力把它看得像是一片开阔的风景，他要满怀依恋地回头观望，一片遥远得令人眩晕的风景。但是他做不到，他在精神上成功地回想起来的，是细小而又单薄的一部分，薄得像是手风琴合起来后一般。他应该费一点精力，回想起记忆中的碎片，使他隐约瞥见以往岁月的种种幻象。

　　他瞧着周围的树林。树叶有绿的，有红的，有黄的，有褐的。森林像是火烧过了一般。他对自己说，等到森林染成血红一片时，他就上路离别，那时，他的生命和他的回忆就将在这美妙而又无情的火焰中燃烧殆尽。他应该为自己没有痛苦而痛苦吗？他应该为自己没有忧愁而忧愁吗？

他并不体验到忧愁，但他同样并不渴望加快步子，按照他跟他国外的朋友商量好的计划，在眼下这一刻，他应该早已经通过了边境，但他感到，他又一次被一种莫名的慵懒所攫取，这种慵懒是那么的出名，在朋友圈里曾遭到辛辣的嘲笑，因为他在一个需要果敢利索地处事的情景中，往往优柔寡断，屈从于自己的慵懒。他知道，到最后的那一刻，他仍然能肯定，他会在当天上路，但他同样也明白到，从早上开始，他就在竭尽所能地推迟他离开这一迷人的温泉小城的那一刻，多少年以来，他一直都来这里看望他的朋友，尽管每次拜访间隔的时期都很长，但每次见面都是那么令人愉快。

他停好汽车（是的，那里已经停放了小号手的那辆白色轿车，还有弗朗齐歇克的那辆红色摩托车），走进那家约定的餐馆，半个小时后，奥尔佳要来这里跟他晤面。他发现一张桌子，在餐馆尽头，靠玻璃窗，从那里望出去，可以看到公共花园中火焰一般发红的树木，他喜欢这样的位置，但是很不幸，那张桌子已经有人了，一个三十来岁的男子。雅库布只好坐在邻近的一张桌子前。从那里，他看不见树木；相反，他的目光被那个男子吸引住，此人显然很神经质，眼睛一直不离餐馆的大门，还用脚拍着地面。

179

7

　　她终于走了进来。克利玛立即从椅子上跳起来，向她迎过去，把她带到靠玻璃窗的桌子前坐下。他冲她微微一笑，仿佛他想通过这一微笑表明，他们之间的和好总是那么可贵，他俩现在都很平静，很默契，他们之间彼此信任。他在年轻女郎的表达中，寻找着一种对他微笑的肯定答复，但他没有找到。他为此有些担忧。他不敢就此谈论起他最挂心的事，于是，他跟年轻女郎开始了一番没什么意义的闲扯，以便渐渐创造一种无忧无虑的气氛。然而，他的种种话头全都在女郎的沉默中反弹回来，就像球撞在石墙上弹回。

　　然后，她打断了他的话："我改变主意了。那样做是一种罪孽。你或许能够做这样的事，我却不能。"

　　小号手感到一切都在他心中坍塌了。他呆呆地直盯着露辛娜，毫无表情，都不知道说什么好了。他只觉得自己身上有一种失望之极的疲劳。露辛娜又重复道："那样做是一种罪孽。"

　　他瞧着她，他觉得，她似乎不是现实中的人。这个女人，当他远离她时他便无法回忆起其面貌的这个女人，现在却在他面前表现为他永恒的惩罚者。(跟我们中的每一个人一样,克利玛认为,只有那些从内心中逐渐地、有机地进入他生活的东西,才是现实的,而那些来自外界的,突如其来地、出乎意外地闯进来的,他都当作一种非现实的侵犯。可惜啊!再没有什么东西比这非现实更现实的了。)

随后,那一天认出小号手的侍者出现在他们的桌前。他端着一个托盘,为他们送来两杯白兰地,同时非常愉快地对他们说:"你们瞧,我在你们眼睛中读出了你们的愿望。"然后,他对露辛娜做了跟第一次同样的提醒:"当心!所有的姑娘都恨不得把你的眼珠子抠出来呢!"随后,他高声地笑了。

这一次,克利玛的心已经完全被畏惧攫住,根本没有注意到侍者说的话。他呷一口白兰地,探身朝向露辛娜,说:"我求求你了。我还认为,我们已经达成一致了。我们彼此早就把话都说清楚了。你为什么突然改变主意了呢?你本来跟我一样认为,我们可以在好几年里,彼此把我们的时间都留归于我们自己。露辛娜!假如我们这样做,那仅仅是为了我们的爱情,为了在我们俩全都真正愿意的那一天,再要一个孩子。"

8

　　雅库布立即认出了她，就是执意要把拳师犬鲍博交给老头们的那个女护士。他目不转睛地瞧着她，很想知道他们在说什么，她跟她的对话者。他连一个词都没有听清，但他看得很分明，谈话的气氛极端紧张。

　　从那男人的表情来看，他显然刚刚得知一个糟糕的消息。他还需要一会儿工夫才能找到话头。从他的神情举止中，可以看出，他在试图说服那个女郎，他在求她什么。但是，年轻女郎固执地一声不吭。

　　雅库布自然而然地想到，一个生命正处在危险之中。在他眼中，年轻的金发女郎似乎始终是那个准备在刽子手举起屠刀时摁住牺牲者的女人，他一刻也不怀疑，那男人是在生的一边，而她则是在死的一边。男人想拯救某个人的生命，他在请求支援，但是金发女郎拒绝了，而由于她的拒绝，某个人将要死去。

　　随后，他证实，那男人不再坚持，微微一笑后，便毫不犹豫地抚摩着年轻女郎的脸。他们是不是达成了一致？根本没有。那张脸，在金黄色的头发下，正固执地瞧着远方，以此躲避着男人的目光。

雅库布没有力气把眼睛从那女郎的身上移开，从昨天起，他就只能把她认作刽子手的帮凶，没有办法，他只能这么看。她有一张漂亮而又空虚的脸。漂亮得足以吸引男人，空虚得足以使男人的一切恳求消失得无影无踪。此外，这张脸还那么自豪，雅库布知道：不是为它的漂亮自豪，而是为它的空虚自豪。

他自忖，他在这张脸中看到了他所熟悉的其他千百张脸。他自忖，他的整个生命就只是一场跟这么一张脸无休无止的对话。当他试图对它解释什么时，这张脸一下子就变成一种被冒犯了的样子，谈论起别的，以挫败他的证据，当他对它微笑时，这张脸就谴责他的放肆无礼，当他恳求它时，这张脸就表现出它的优越来，这张什么都不懂，却能左右一切的脸，这张空虚得如同荒漠，却为它的荒漠而骄傲的脸。

雅库布对自己说，今天他最后一次看着那张脸，明天他就将离开它的王国。

9

　　露辛娜也注意到雅库布，也认出了他。她感觉他的眼睛在盯着她，这使她有些心虚。她仿佛看到自己被两个默契配合的男人所包围，她觉得那两道锐利目光对她的包围，像是两支枪瞄准了她。

　　克利玛再三重提他的论据，她便不知道怎么回答好了。她只想快快地一再提醒自己，当事情涉及一个将要出生的孩子时，理性是没有什么可说的，只有情感才有发言权。她一言不发地把脸转向另一侧，以避开那双重的目光，她定定地瞧着窗外。由于某种程度上精神的集中，她感觉心中滋生出一种异样的意识，仿佛自己既是一个被冒犯的情妇，又是一个不被理解的母亲，这种意识在她的心灵中发酵，像是一坨做馅饼的面团。因为她无法用词语表达这一情感，便让它从她始终盯着公共花园里同一点的眼睛中渗漏出来。

　　但是，恰恰就在她那迟钝的目光死盯着的地方，她突然发现一个熟悉的身影，一下子就吓呆了。她再也听不进克利玛在说什么了。这已经是像枪筒一样瞄准着她的第三道目光，这一道目光才是最危险的。因为一开始，露辛娜无法精确地说出究竟是谁造成了她的怀孕。她首先考虑到的对象，就是现在藏在公园中一棵树后偷偷窥视着她的那个男人。当然，这仅仅是一开始的想法，因为在此后，她就越来越倾向于选择小号手作为未来孩子的父亲，直到那一天，她终于决定，那当然就该是他。让我们明白这一点：她并不想玩弄阴谋把怀孕的责任推到他头上。她做出决定时，选择的不是诡计，而是真理。她认定，事情真的就是这样的。

此外，做母亲是一件那么神圣的事情，她觉得，想象一个她有些蔑视的男人使她怀了孕，这是不可能的。这根本不是一种合乎逻辑的推理，而是某种超理性的启示，这使她坚信，只有一个她喜欢、她崇拜、她景仰的男人，才能使她怀孕。当她在电话的听筒中听到，她选中作为她孩子的父亲的那个人，对他当父亲的使命表示出惊讶和害怕，并加以拒绝时，一切都已经彻底定下来了，因为，就从那一刻起，她不仅不再怀疑她的真理，而且已经准备为此而投入战斗。

克利玛一声不吭，抚摩着露辛娜的脸。她从沉思中醒悟过来，冲他莞尔一笑。他对她说，他们最好开车到乡间去兜一圈，就像上一次那样，因为这张咖啡桌就像一堵冷冰冰的墙壁，把他们彼此分隔开。

她害怕了。弗朗齐歇克始终藏在公园的大树后，眼睛死盯着酒吧的窗玻璃。假如他们出门时他上来拦住他们，那么会发生什么事情？假如他跟星期二那样闹起来，那又会发生什么事情？

"我付两杯白兰地的账。"克利玛对侍者说。

露辛娜从她的提包中掏出一个玻璃瓶。

小号手把一张钞票递给侍者，慷慨地谢绝了找零。

露辛娜打开玻璃瓶，往手心里倒出一片药，一口吞了下去。

当她盖上药瓶的塞子时，克利玛朝她转过身来，正面地瞧着她。他伸过两只手，来握她的手，她送开药瓶，迎接他手指头的接触。

"来吧，让我们走吧。"他说，于是，露辛娜站起身来。她看到了雅库布的目光，直瞪瞪的，充满敌意，她移开了目光。

又一次，她焦虑不安地瞧着公共花园，但弗朗齐歇克已经不在那里了。

10

雅库布站起身，拿着他那杯才喝了一半的酒，坐到空出来的桌子上。透过窗玻璃，他朝公园中叶子发红的树木满意地瞥了一眼，对自己重复说，这些树木真像是被火烧了似的，而他的四十五年生活就投入在了一场大火中。然后，他的目光滑向桌面上，在烟灰缸边上，他发现了那瓶遗忘了的药片。他拿起药瓶，开始打量它：在药瓶上，写着一种陌生药品的名称，有人用铅笔添了几个字：每日服三次。装在玻璃瓶里面的药片，是浅蓝色的。这使他觉得很好奇。

这是他在这个国家度过的最后一段时刻，就连那些最细小的事件也都富有了一种特殊的意义，并变成了具有寓意的戏剧。他在想，恰恰在今天，有人在我的桌上遗留下一瓶浅蓝色的药片，这到底意味着什么呢？为什么偏偏是这个女人，是这个政治迫害的继承人和刽子手的帮凶，把它留在了我这里呢？她是不是想由此告诉我，浅蓝色药片的必要性还没有过时？要不然，她是想通过对毒药的这一影射，向我表达她永不磨灭的仇恨？再不然，她是想对我说，我离开这个国家的行为，表现出的是一种屈服，跟吞下我带在衣兜中的浅蓝色毒药是同样的屈服？

他在衣兜里乱掏一气，掏出那张卷起来的纸，把它展开。现在他看着那片药，发现它的颜色要比忘在桌上的那瓶药稍稍暗一些。他打开药瓶，倒出一粒药在手心里。是的，他的药片要比它颜色微微更深一些，形状也稍稍更小一些。他把这两片药都倒进了药瓶。现在，他瞧着它们，他证实，一眼看去，谁都不能马上发现它们有什么区别。在药瓶中，最上面，在无疑用于治疗小毛病的、毫无危险的药片之上，栖息着伪装了的死神。

就在这时候，奥尔佳走近了桌子。雅库布迅速盖上药瓶的塞子，把它放在烟灰缸边上，起身迎接他的朋友。

"我刚刚遇到了克利玛，那个著名的小号手！简直无法想象！"她说着就坐到了雅库布的身边，"他居然跟那个可怕的女人在一起！今天，就在泡浴时，她还跟我干了一仗！"

但是，她立即住口了，因为，就在这时，露辛娜已经过来，站在了他们的桌子前，她说："我把我的药忘在这里了。"

还不等雅库布有时间张口解释，她就发现了放在烟灰缸边上的那瓶药，便伸出了手。

但是，雅库布的动作更为迅速，抢先夺过了它。

"把它给我！"露辛娜说。

"我请您听我说，"雅库布说，"请允许我从里头拿一片药！"

"对不起，我没有时间陪您玩！"

"我服的是同样的药，而……"

"我这里可不是流动药房。"露辛娜说。

雅库布想拔下瓶塞，但是，不容他有时间，露辛娜一下子就伸出手来抢药瓶。雅库布立即把药瓶抓在手心。

"这到底是怎么回事？把这药瓶给我！"年轻女郎喊道。

雅库布瞪着眼睛看她；他慢慢地松开了手。

11

在车轮有节奏的铿锵声中，她旅行的徒劳无益似乎显得越来越明显。无论如何，她心里明白，她丈夫并不在那个温泉城。那么，为什么她还要去那里呢？她花费四个小时坐一趟火车，难道仅仅是为了得知她早已了然于胸的情况吗？她并不听从一种理性的意志。她的内心中有一个马达在转动，没完没了地转动着，没有办法叫它停住。

（是的，眼下这一时分，弗朗齐歇克和卡米拉就像是两支火箭，被一种盲目的嫉妒心远距离操纵着，发射到我们故事的空间中来——但是，一种盲目性又如何能操纵什么东西呢？）

首都和温泉城之间的交通并不是很方便，克利玛夫人不得不换三次车，最后终于在那个伊甸园一般的车站精疲力竭地下了车。车站上满是广告牌，推销当地颇有疗效的温泉水，宣传泥浆浴的神奇功效。她走上一条栽有杨树的小路，从火车站赶往疗养院，走到第一排廊柱时，她突然发现一张手绘的海报，上面用红字赫然写着她丈夫的名字。她吃惊地在海报前停住脚，辨认着写在她丈夫名字底下的另外两个男人的名字。她简直不能相信自己的眼睛：克利玛并没有对她撒谎！他确确实实是这样对她说的。在最初的几秒钟里，她感到一种巨大的喜悦，一种消失了多年的信任感回到身上。

但是，喜悦并没有持续多久，因为她立即觉察到，音乐会的存在根本就不能证明她丈夫的忠诚。如果说，他同意在这个偏远的温泉小城开一场音乐会，那肯定是为了在那里找一个女人。她想象这情景比她当初猜测的还要更糟糕，她掉入一个陷阱中：

她来这里是为了证实她丈夫不在这里，并由此间接地（再一次，而且说不清是第几次！）证明他的不忠实。但现在，事情有了变化：她将（直接地，而且亲眼目睹地）拿住他的把柄，不是犯下欺骗罪，而是犯下不忠罪。无论她愿意不愿意，她都将看到要跟克利玛在一起的那个女人。一想到这个，她的脚步差一点变得趔趔趄趄。当然，她很久以来就确信她已经知道了一切，但直到眼前，她还什么都没有看到（没看到她丈夫的任何一个情妇）。说实在的，她还什么都不知道，她只是以为知道了，她给这种猜测赋予了确信的力量。她相信她丈夫的不忠，就像一个基督徒相信上帝的存在。只不过，基督徒相信上帝时带着一种绝对的确信，确信自己永远也不能看到上帝。一想到这一天她将看到克利玛跟一个女人在一起，她就感到一种恐惧，就像一个基督徒听说上帝打来了电话，说他要来他家跟他一起吃饭那样。

一种忧虑侵入到了她的全身。但是，过了一会儿她听到有人在喊她的名字。她转身一看，只见三个年轻人站在拱廊中央。他们穿着牛仔裤和羊毛衫，他们那波希米亚人的举止，跟周围其他人形成鲜明的对照，相比之下，那些正在这里漫不经心地散步的疗养者，一身的装束竟是那么的死气沉沉。她看到，他们正哈哈大笑着跟她打招呼呢。

"真是难得！"她叫嚷起来。原来是几个拍电影的人，都是她的朋友，她是在自己还上台带着麦克风表演的日子里认识他们的。

那个长得最高的导演立即拉住她的胳膊，说："你来这里是为了见我们吧……要真是如此，那才真叫人高兴啊！"

"可是，你来这里只是为了你丈夫……"导演的助手不无忧愁地说。

"真倒霉！"导演说，"首都最美丽的女人，居然被一个吹小号的动物关在笼子里，叫人一连好几年都见不到她的踪影……"

"他妈的！"摄影师（就是那个羊毛衫上有破洞的青年）说，"就为这个，也该来庆贺一下！"

他们想象自己正在向一个光彩照人的女王大献殷勤，以为这个女王会爱理不理地把这一番殷勤往一个破篮筐里一扔了之，因为篮筐中本已满是她根本不屑一顾的礼物了。然而，实际上，这时她却满心感激地接受了他们的赞美，就像一个瘸腿的姑娘依靠在一个热情的臂膀上。

12

奥尔佳在那里说个没完，雅库布却在一旁想着，他刚刚把毒药交给了陌生的年轻女郎，她随时都可能误服的。

这一切发生得那么突然，这一切发生得那么迅疾，他甚至都没有时间来得及意识。这一切发生在他的意料之外。

奥尔佳始终在那里说个没完，一个劲地抱怨，而雅库布则在脑海中寻找着解释，他对自己说，他本来并不愿意把药瓶交给那个姑娘，都怪她自己，是她自己迫使他不得不放手。

但是，他立刻意识到，那只是一个轻松的借口。他当时完全有一千个可能不听她的。面对年轻女郎的强硬，他完全可以还以同样的强硬，镇静自若地让那片药落到自己的手心，然后放回自己的衣兜里。

就算他当时缺少镇静，既然当时他什么也没有做，他也可以事后追上去，去找那个年轻女郎，向她承认药瓶中有一片毒药。要把事情的原由解释清楚并不是什么难事。

但是，他却没有行动，他坐在椅子上，瞧着奥尔佳在那里对他解释着什么。必须站起来，跑出去追上女护士。时间还来得及。

他有义务为拯救她的生命去做任何一切。那么，他为什么还坐在自己的椅子上呢？他为什么还不动弹呢？

奥尔佳还在说个没完，他很奇怪自己还坐在椅子上毫不动弹。

他刚刚下了决心，他必须立即站起来，出去找女护士。他在问自己如何向奥尔佳解释自己必须出去。是不是应该向她承认刚刚发生的一切？他认定他不能够向她承认这一切。假如女护士还没等他追上去就服下那片药，事情又会怎样呢？奥尔佳是不是就会知道，雅库布是一个杀人犯？即便他能及时追上她，又怎么能当着奥尔佳的面证实自己的行为，并让她明白，他为什么犹豫了那么长时间？他怎么能对她解释清楚，他为什么把药瓶给了那个女人？只是因为刚才纹丝不动、毫无作为的那一刻，从现在起，在任何观察者的眼中，他已经成了一个杀人犯！

不，他无法相信奥尔佳会谅解他，但是，他又能对她说什么呢？他怎么对她解释，他必须突然站起身，跑到鬼才知道的什么地方去？

但是，无论他将对她说什么，这又有什么要紧的呢？他怎么还能去考虑那些个傻话？在人命关天的紧急关头，他怎么还能在意奥尔佳会怎么想？

他知道，他的重重疑虑是完全不合时宜的，每一秒钟的犹豫都将加重威胁着女护士生命的危险。实际上，他已经太晚了。从他犹豫的那一刻起，她和她的朋友想必已经远离餐馆，雅库布甚至都不知道应该奔哪一个方向去找她。他难道还知道他们去了什么方向？他应该往哪里走才能找到他们？

但是，他立即又意识到，那只是一个新的借口。要迅速地找到他们当然是很难的，但绝不是不可能的。现在行动还不算太晚，但是必须马上行动，不然的话，那就真是太晚了！

"我这一天开始得真糟糕，"奥尔佳说，"我没有按时醒来，我去吃早餐时去晚了，他们拒绝为我服务，泡浴的时候，又碰上了那些拍电影的愚蠢家伙。要知道，我是那么渴望有美好的一天，因为这将是你和我一起在这里度过的最后一天。这对我来说是那么的重要。你知道，雅库布，这对我来说重要到了什么程度吗？"

她从桌子上探过身子，握住了他的手。

"什么都别担心，你没有任何理由会遇上糟糕的一天。"他强打着精神对她说，因为他实在无法把注意力拉回到她的身上。一个声音在不断地提醒他，女护士的手包里装着毒药，她的生死全取决于他。这是一个纠缠不休的、坚定不移的声音，但同时又微弱得令人奇怪，似乎从十分遥远的深渊中传来。

13

克利玛开车，带着露辛娜沿一条森林小路行驶，他发现，这一次，开着豪华轿车兜风并没有给他带来任何益处。没有什么能让露辛娜分一下心，从她固执的冷漠中摆脱出来。于是，小号手也久久地一声不吭。当沉默变得有些过分压抑时，他开口说："你来音乐会吗？"

"我不知道。"她回答。

"来吧。"他说，晚上的音乐会给谈话提供了一个借口，使他们一时间里忘了争吵。克利玛强打起精神，以逗趣的口吻说起了敲鼓的医生。他决定，把跟露辛娜决定性的会面推迟到晚上。

"我希望，你能在音乐会结束后等我，"他说，"就像上一次那样……"刚刚说出这最后几个字，他就明白了话中的意思。就像上一次那样，这就是说，他们在音乐会之后要一起做爱。我的上帝，这是怎么了，他居然一直没有想到这一可能性？

说来真奇怪，但事实就是这样，直到这一刻，他的脑子里还没有转过这样一种想法：他还可以跟她一起睡觉。露辛娜的怀孕已经把她缓缓地、难以觉察地推向忧郁的领域，而不是性爱的领域。他当然早就告诫自己要温柔地待她，要亲吻她，要抚摩她，他小心翼翼地这样做着，但那只是一种干巴巴的动作，一个空洞无物的符号，他肉体的兴趣完全没有融入在这里头。

一想到这个，他就对自己说，对露辛娜肉体的这种无动于衷，是他最近几天里犯下的最严重的错误。是的，现在，这对他来说是一件绝对显而易见的事（他有些责怪他曾咨询过意见的那些朋友，怪他们没有提醒他这一点）：他绝对必须跟她睡觉！因为这个女郎身上体现出来的、没有办法看透的这种突如其来的怪异，恰恰来自他们的肉体的分离。在拒绝孩子，拒绝露辛娜腹中之花的同时，他也随着这种伤人的拒绝，抛弃了她怀孕的肉体。因此，必须对另一个肉体（不怀孕的肉体），表现出一种更为浓烈的兴趣。必须用不育的肉体来对抗生育的肉体，在这一肉体中找到一个同盟者。

当他做出这样推理时，他觉得心中生出了一丝新的希望。他搂住露辛娜的肩膀，探过身子朝向她，说："想到我们还吵嘴，真让我心中隐隐作痛。听我说，我找到一个办法。最根本的，是我们要在一起。我们不要让任何人剥夺我们的这一夜晚，那将是跟上一次同样美好的一个夜晚。"

他一只手把着方向盘，另一只手搂紧了露辛娜的肩，突然间，他似乎感觉从心底里升腾起一股欲望，渴望这个年轻女郎赤裸的肌肤，他很愉快，因为这一欲望正在为他找到他跟她交流的唯一的共同语言。

"我们在哪里见面呢?"她问。

克利玛不是不知道,整个温泉城的人恐怕都将看到,他是跟谁一起离开音乐会的。但是,他没有什么分身术了:

"我一结束,你就到后台来找我。"

14

当克利玛急急忙忙地赶回人民之家，准备在那里最后一遍排练《圣路易斯的布鲁斯》和《圣徒进行曲》时，露辛娜用不安的目光打量着四周。刚才，在汽车里，她就已经好几次从后视镜中证实，他骑着摩托车，在远远地跟踪着他们，但是，现在，她哪里都看不见他。

她感到自己就像是一个被时间追逐着的逃亡者。她知道，从现在到明天，她必须知道她打算做什么，但她却什么都不知道。在这个世界上，她没有一个人可以信任。她自己的家人对她都是那么的陌生。弗朗齐歇克爱着她，但恰恰是因为这个，她对他怀有戒心（就像母鹿防备着猎人）。对克利玛，她怀有戒心（就像猎人防备着母鹿）。她很喜爱她的同事们，但她并不完全地信任她们（就像猎人防备着其他的猎人）。在生活中，她是孤独一人，几个星期以来，她有了一个奇怪的伙伴，她带着他在自己的肚子里，有些人说他是她最好的机会，而另一些人则说相反的话，而对他，她自己只感到一种漠然的无所谓。

她什么都不知道。她差不多到了一无所知的地步。她仅仅就只是无知。她甚至不知道她要去哪里。

她刚刚经过斯拉维亚餐馆，这是疗养地最差的一家餐馆兼咖啡馆，脏兮兮的，当地人爱来这里喝啤酒，随地吐痰。不过，在以往，它兴许是温泉城最好的餐馆，直到今天，在那小小的花园中，它还留有三张漆成红色（油漆已经起了皱皮）的木头桌子，还有椅子，使人回忆起当年资产阶级的娱乐，露天的音乐演奏，舞会，撑在椅子上的小阳伞。但是，对那个时代的事，露辛娜又知道些什么呢？在她的生活中，她被剥夺了任何的历史记忆，一辈子只走在现今的狭窄过道上。她不可能看到从一个遥远的时代投射到现今的玫瑰色小阳伞的影子，她只看到三个穿牛仔裤的男人，一个漂亮的女人，还有一瓶葡萄酒，摆在一张没有桌布的桌子中央。

男人中的一个叫她。她回过头，认出了穿着带破洞的羊毛衫的摄影师。

"来吧，跟我们一起喝一杯。"他冲她喊道。

她同意了。

"多亏这位迷人的小姐，我们今天算是拍摄了一部小小的色情电影。"摄影师说着，把露辛娜介绍给那个女人，女人向她伸出手来，咕哝了几个听不清楚的字，算是自报姓名。

露辛娜在摄影师旁边坐下来，他在她面前放了一个杯子，然后倒上酒。

露辛娜很庆幸，因为总算发生了一些事情。因为她不必再问自己，该到哪里去，该做什么事。因为她不必再决定，她是应该还是不该留着那孩子。

15

　　然而，他最终还是作出了决定。他付了酒钱，对奥尔佳说，他必须离开她一会儿，他们在音乐会开始之前再见面。

　　奥尔佳问他有什么事情，而雅库布被人一问，觉得很不舒服。他回答说，他跟斯克雷塔有约会。

　　"很好，"她说，"但那费不了你那么长时间的。我去换衣服，六点钟时我在这里等你。我请你吃晚饭。"

　　雅库布陪同奥尔佳走向卡尔·马克思公寓。当她消失在通向房间的走廊中时，他问看门人：

　　"请问，露辛娜小姐在不在家里？"

　　"不在，"看门人说。"她的钥匙挂在牌子上。"

　　"我有极其要紧的事要对她说，"雅库布说，"您知不知道我去哪里可以找到她？"

　　"我实在不知道。"

　　"刚才，我见到她跟晚上要开音乐会的小号手在一起。"

　　"是的，我也听说了，她是跟他一起出去的，"看门人说，"眼下这个时候，他应该在人民之家排练吧。"

斯克雷塔大夫正在舞台上打架子鼓，当他发现雅库布走进大门，就冲他做了一个手势。雅库布朝他微微一笑，便仔细地查看坐在那几排座椅上的十几个热情的观众。（是的，弗朗齐歇克，这个变成了克利玛的影子的青年人，就在这些人之中。）雅库布也跟着坐下，希望女护士最终会出现。

他在问自己，他还能到哪里去找她。在这一时分，她可能会在一些他怎么也想象不到的不同地方。是不是该去问一下小号手？但是，怎么向他提问题呢？假如露辛娜现在已经出了事呢？雅库布已经在对自己说，女护士可能的死亡将完全无法解释，一个毫无杀人动机的凶手将不会被人发现。他该不该把人们的注意力吸引到他的身上来？他是不是要留下什么踪迹，把自己暴露在人们的怀疑中？

他想起了秩序。一个人的生命处在危险之中，他没有权利如此怯懦地推理。他利用两段音乐之间的间歇，从后面走上舞台。斯克雷塔朝他转过身子，容光焕发，但是，雅库布把一根手指头放在嘴唇上，低声地求他问一问小号手，那个女护士现在会在哪里，一个小时前，他在餐馆里看到他跟她在一起的。

"你们所有人，都想找她做什么？"斯克雷塔嘟嘟囔囔地说，满脸的不高兴。"露辛娜在哪里？"随后，他冲小号手喊道，小号手的脸红了，他说他不知道。

"真倒霉！"雅库布说着，算是道歉，"你们继续吧！"

203

“你觉得我们的乐队怎么样？”斯克雷塔问他。

“棒极了。”雅库布说，他下台来，坐在了大厅里。他知道他的行动很糟糕。假如他真的很担心露辛娜的生命，他就会把世界搅得个天翻地覆，向所有人发出警报，让人们尽快地找到她。但是，他开始去寻找她，仅仅只是为了面对自己的良心时，好有一个托词。

他又一次回想起他把装着毒药的药瓶给她时的情景。难道这事情确实发生得那么突然，以至于他都来不及意识到吗？它难道真的是一种意外吗？

雅库布知道事实并非如此。他的意识并没有昏睡。他又一次回忆起金黄色头发下的那张脸，他明白，他把装有毒药的药瓶交给女护士不是一种偶然（并不是由于他的意识昏睡了），而是出于一种多年来一直在伺机表现的陈旧欲望，一种那么强烈的欲望，连机会也会最终自行赶来听从并援助它。

他浑身一颤，从椅子上站起来。他又朝卡尔·马克思公寓跑去，但是，露辛娜一直不在家。

16

多么醉人的缓解，多么舒服的牧歌！多么惬意的幕间休息！多么快乐的跟三个农牧神一起度过的午后！

小号手的两个女迫害者（他的两大不幸）面对面地坐着，她俩都喝着同一个瓶子中的葡萄酒，她俩都一样地感到幸福，能够待在这里，能够做一些别的事情，而不是想到他，哪怕只是短短一小会儿工夫。这是何等动人的一致，何等和谐的情景啊！

克利玛夫人瞧着三个男人。以前，她曾经也属于他们的圈子，而她现在瞧着他们，就仿佛她眼前展现的是她自己现在生活的一张底片。她，陷入忧虑中，同时又坐在彻底的无忧无虑的对面，她，心里记挂着的只有一个男人，同时又坐在三个农牧神的对面，而这三个农牧神又体现为男性精力的无限多样性。

农牧神的所作所为只有一个显而易见的目的：跟两个女人一起过夜，过一个五人群宿之夜。这是一个幻觉般的目的，因为他们知道，克利玛夫人的丈夫就在此地，但这目的是那么的美好，尽管明知无法实现，他们还是一门心思地追逐着。

克利玛夫人知道他们想达到什么目的，她倒是很容易献身于对此目标的追求，因为这只是一个美梦，一个想入非非的游戏，一种梦幻的诱惑。她嗤笑他们暧昧的行径，她跟她那陌生的同谋者交换着挑逗性的笑话，她希望尽可能长久地延长这一出戏剧的幕间休息，以便长久地推迟见她情敌的时刻，面对面地正视真相的时刻。

又开了一瓶葡萄酒，所有人都很开心，所有人喝得都有些微醺，但令他们陶醉的不是葡萄酒，而是这种奇特的氛围，是这一种深切的愿望，只想让即将迅速消逝的这一刻延续下去。

克利玛夫人感觉到，导演的腿肚子正在桌子底下挤压着她的左腿。她明明白白地意识到了，然而，她却不收回自己的腿。这是一种在他们之间建立了某种感觉交流的接触，但这种接触也很有可能是偶然产生的，她本来可能感觉不到的，既然它本身并没有什么意思。由此说来，这一接触恰恰位于清白和轻浮的交界线上。卡米拉不想越过这一界线，但她很高兴能恰好待在那里（在一种突如其来的自由的狭窄领域中），假如这一条神奇的线稍稍再移动一下，移向另一些话语暗示，另一些接触，另一些游戏，她恐怕还会更喜悦。受到这一既清白又暧昧的移动界线的保护，她渴望就这样被带往远方，更远的远方，再远的远方。

这一边，卡米拉的美貌是那么的灿烂辉煌，以至于变得有些咄咄逼人，迫使导演的冒犯举动带着某种谨慎的缓慢，而那一边，露辛娜平庸的魅力却激起摄影师强烈而又直截了当的欲念。他把她搂在怀里，一只手搭在她的乳房上。

卡米拉观察着这个场景。她已经有好长时间没那么近地看到别人的轻浮举止了！她瞧着那男人的手捂住女郎的乳房，隔着衣服揉捏它，挤压它，抚摩它。她观察着露辛娜的脸，纹丝不动，毫无表情，被动地耽于肉欲。手抚摩着乳房，时间流动着，卡米拉感觉她的另一条腿被导演助理的膝盖顶住了。

就在这时候，她说道："我今天夜里很想欢快一通。"

"让魔鬼把你的小号手丈夫带走吧！"导演附和道。

"对呀！让魔鬼把他带走吧。"导演助理也重复道。

17

就在这时候，露辛娜认出她来。是的，正是那一张脸，她的同事们拿来的照片上的那张脸！她猛然挣脱了摄影师的手。

这一位很是不高兴："你疯了！"

他试图再去搂她，但他又一次被推开。

"您怎敢如此放肆！"她冲他喊道。

导演和他的助手哈哈大笑起来。"您说这话当真？"助手问露辛娜。

"当然，我真的是很严肃地说的。"她语气严厉地答道。

助手瞧了瞧他的手表，对摄影师说："正好六点钟了。因为我们的朋友每逢偶数正点时分，行为举止都要像贵妇淑女那样，所以，这种变脸刚刚发生了。这样，你就得耐心点，等到七点钟吧。"

又是一阵哄堂大笑。露辛娜因屈辱而脸红。她被人撞见让一个陌生男人的手搭在她的乳房上。她被人撞见让人又揉又捏。她被她最糟糕的情敌撞见所有人都在嘲弄她。

导演对摄影师说："你兴许应该请求这位小姐特别例外地把六

点钟当作奇数的正点时分。"

"你以为,把六点钟当作奇数时分,确实有理论上的可能吗?"助手问。

"是的,"导演说,"欧几里得在他著名的定理中曾经说过这样的话:在一些非常神奇的特殊情景中,某些偶数也会表现出奇数的特征。我觉得,我们眼前这一时刻碰到的情况,恰恰就属于那些神奇的情景。"

"作为结论,露辛娜,您是不是也认可,六点钟是一个奇数时分?"

露辛娜沉默无语。

"你接受了?"摄影师说着,就朝她探过身来。

"小姐沉默了,"助手说,"那么,就该由我们来决定,我们是应该把她的沉默看成一种同意,还是看成一种拒绝。"

"我们可以投票。"导演说。

"这很公平,"助手说,"谁同意认为,露辛娜接受了数字六在目前情况下是一个奇数?卡米拉!你来第一个投票!"

"我认为,露辛娜绝对同意。"卡米拉说。

"那你呢,导演?"

"我以为,"导演说,嗓音十分柔和,"露辛娜小姐同意认为数字六是一个奇数。"

"摄影师作为当事人介入得太过分了,他不能投票。至于我嘛，我投赞成票，"助手说，"由此，我们以三票赞成票通过决定，露辛娜的沉默意味着一种同意。由此，摄影师，你可以立即继续你的行为。"

摄影师朝露辛娜探下身来，一把把她搂住，他的手又一次碰到了她的乳房。露辛娜比刚才还更有力地猛然推开他，冲他喊道："把你的脏爪子缩回去！"

卡米拉过来劝慰："瞧瞧，露辛娜，他实在是没有办法呀，谁让您那么讨他喜欢来的。我们大家全都那么开心……"

就在几分钟之前，露辛娜还是那么彻底地处于被动状态中，任由着事态的发展，任由他们想怎么摆布她就怎么摆布她，似乎她完全听任落到自己头上的命运捉弄。她任凭自己遭到劫掠，她任凭自己被任何东西引诱和征服，只要她能够从自己陷入的绝境中挣脱出来。

但是，她没有想到，她伸出一张满是恳请的脸去迎接偶遇，偶遇却突然变了一副恶狠狠的脸，露辛娜在情敌面前受辱，遭到所有人的奚落，她对自己说，她现在只有一个唯一的坚实依靠，一个唯一的慰藉，一个唯一的拯救机会：那便是她腹中的胎儿。她的整个灵魂（再一次地！再一次地！）在降落，向着底下，向着内心，向着她的肉体最深处，露辛娜越来越相信，她永远也不应该跟正在她体内宁静地成长的那个人分开。在他身上，他掌握着秘密的王牌，他将把她举起，高高地超过他们的嘲笑和他们的脏手。她有千百个愿望要把这告诉他们，要冲着他们的脸喊出来，要向他们和他们的挖苦嘲讽复仇，要向她和她宽容的和蔼复仇。

尤其要镇静！她对自己说，她在手包里掏着，找到了那瓶药。她正要把它拿出来，突然感到有一只手紧紧地捏住她的手腕。

18

　　没有人看见他走近。他突然出现在面前，露辛娜刚刚转过脑袋，就看到了他的微笑。

　　他始终握着她的手；露辛娜感到一种温柔而又有力的接触，是他的手指头压在她的手腕上，她乖乖地服从了：药瓶又落回到她的手包深处。

　　"请允许我，先生们，坐到你们的桌子前。我叫伯特莱夫。"

　　没有一个男人对这擅入者的来到有什么兴趣，没人作自我介绍，而露辛娜也不太了解社交场合的习惯，就没有把她的伙伴们介绍给他。

　　"看来，我的不期而至打扰了你们。"伯特莱夫说。他从附近桌子旁拿起一把椅子，一直拖到这张桌子边的空当，现在，他好像反倒成了这一桌的主席，而露辛娜刚好在他的右侧。"请原谅，"他继续说道，"长期以来，我就有一个很奇怪的习惯，不是及时来到，而是不期而至。"

　　"这样的话，"助手说，"请允许我们把您当成一个突然显现的幽灵，请原谅我们不来注意您。"

"我很愿意允许你们这样做，"伯特莱夫说着，微微鞠了一躬。"但我担心，尽管我有这一份好心，你们却做不到。"

　　随后，他转身朝向咖啡厅闪亮的门，拍了拍手。

　　"是谁邀请您来这里的，首长？"摄影师问道。

　　"听这话，你们这不等于在对我说，我是一个不受欢迎的人吗？我完全可以和露辛娜一起马上离开，但是习惯总归还是习惯。我是每天傍晚都要来这里的，要坐到这张桌子前，喝它一杯酒。"他仔细察看了摆在桌子上的那瓶酒的标签，"不过，我喝的酒，确实要比你们现在正在喝的酒好得多呢。"

　　"我倒很想知道，您怎样才能在这个小破饭馆里找到好酒。"助手说。

　　"我倒觉得，首长，您的牛吹得也太大了些。"摄影师又添了一句，存心想嘲笑一下擅入者，"没错，人到了一定年纪，就只会这一招，而不会做别的事了。"

　　"你们错了，"伯特莱夫说，仿佛他没有听出摄影师话中的侮辱，"这里，他们在酒窖中，还藏着几瓶好酒，比我们能在最大的大宾馆中找到的酒还要好。"

　　他已经伸手指向了餐馆老板，这老板，刚才怎么也见不到他的影子，现在却毕恭毕敬地前来接待伯特莱夫，他问道："是不是需要为所有的人安排一张桌子？"

　　"当然需要。"伯特莱夫回答，说完转向其他人，"女士们，先生们，我邀请你们跟我一起来喝一种葡萄酒，我曾多次品尝它的滋味，而且我觉得它口味极佳。不知道各位能否赏光？"

没有人回答伯特莱夫的话，老板就说："要说到喝酒吃菜，我可以请各位女士先生完全相信伯特莱夫先生的建议。"

"我的朋友，"伯特莱夫对老板说，"给我们拿两瓶酒，另加一大盘奶酪。"然后，他转身对其他人说："你们的犹豫是没有用的，露辛娜的朋友也就是我的朋友。"

从咖啡厅中跑出来一个十二三岁的小男孩，托着一个盘子，上面放着几只酒杯、几个碟子和一张桌布。他把托盘放在邻桌上，俯身从顾客的肩膀上取走他们喝剩下一半的酒杯。他把那些酒杯和打开的酒瓶放到那张刚放下托盘的桌子上。然后，他拿起一块抹布，久久地擦着桌子，因为桌子显然很脏，擦完后，铺上一块白得耀眼的桌布。然后，他从隔壁桌上重新拿起他刚刚撤走的酒杯，想把它们放到顾客的前面。

"快把这些杯子和这瓶酸酒拿走，"伯特莱夫对那孩子说，"您父亲会给我们拿来一瓶好酒的。"

摄影师抗议道："首长，您能不能发发善心，让我们爱喝什么酒就喝什么酒吗？"

"随您的便，先生，"伯特莱夫说，"我并不喜欢把欢乐强加给别人，每个人都有权利喝他的酸酒，干他的蠢事，让手指甲里留着油腻。听我说，小家伙，"他又冲小男孩补充了一句，"给每个人他原先的杯子，再加一只空杯子。我的客人可以在一种雨雾天气出产的葡萄酒和一种阳光下诞生的葡萄酒之间自由地选择。"

于是，现在，每个人面前都有两个杯子，一个空杯子，另一个装着喝剩的酒。老板拿着两瓶酒，走到桌子前，把第一瓶夹在两膝之间，动作优雅地打开瓶塞。然后，他在伯特莱夫的杯子里倒了一点点酒。伯特莱夫端起酒杯放到嘴唇边，尝了尝滋味，转身对老板说："好极了。是二三年的吧？"

"二二年的。"酒店主纠正道。

"上酒吧！"伯特莱夫说。老板拿着酒瓶围绕桌子转了一圈，给每个空杯子倒上酒。

伯特莱夫把酒杯端在手指间。"我的朋友，请尝一尝这酒。它带有往昔的甜美滋味。品味一下吧，就仿佛你们在吮吸一根长骨头中的骨髓时，呼吸到了一个已被久久遗忘的夏天的气息。我真想在干杯的时候把往昔与现今结合在一起，把一九二二年的太阳和眼下的阳光结合起来。这个太阳，就是露辛娜，这个十分单纯的年轻女郎，她就是一个女王，而她自己却不知道。她在这个温泉城的布景中，就像一颗宝石在一个乞丐的破衣烂衫上闪烁光彩。她就像一牙弯弯的月亮，遗忘在白昼苍白的天上。她就像一只蝴蝶，飞舞在一片雪地之上。"

摄影师挤出一丝勉强的冷笑，说："首长，您不觉得这太夸张了吗？"

"不，我并没有夸张，"伯特莱夫说，接着，他对摄影师说，"您有这样的印象，是因为您只是居住在生活的地下室，您，人不像人的醋罐子！您浑身散发出一阵阵的酸气，就像从一个炼金术士的热锅里蒸腾起来！您生活的目的就是在您周围发现丑恶，认定这丑跟您的内心一样丑。对您来说，这是能让您自己跟这世界和平共处的唯一办法。因为，本来很美好的这个世界，它让您害怕，令您别扭，把您不断地从它的中心排斥出去。它是那么的冷酷无情，不是吗？自己的手指甲里藏着污秽，身边却有一个漂亮的女人！那么，首先该做的，就是把这女人弄脏了，然后再从中取乐。不是这样的吗，先生？我很高兴，因为您把您的手藏到了桌子底下，我说到了您的手指甲，我说得肯定很有道理。"

"让您美丽的斯文见鬼去吧，我才不跟您一样呢，我才不是一个扎着花哨领带，穿着白领衬衣的小丑呢。"摄影师怒气冲冲地打断了他。

"您肮脏的手指甲，您满是破洞的羊毛衫，在太阳底下早就不是一件新鲜事了，"伯特莱夫说，"以前就有过一个犬儒学派的哲学家，他穿着一件有破洞的外套，在雅典的街道上溜达，想以此表现他对习俗的轻蔑，来赢得所有人的欣赏。有一天，苏格拉底遇到了他，对他说：我从你外套的破洞中看到了你的虚荣。您的肮脏也一样，先生，是一种虚荣，而您的虚荣是肮脏的。"

露辛娜几乎不能从她的惊愕中回过神来。她以前隐约有些面熟的这个疗养者，现在仿佛是从天上掉下来似的，前来援助她，她被他迷住了，被他自然动人的举止，被他冷酷的镇定迷住了，这个男人不费吹灰之力，就让摄影师的嚣张气焰化为泡影。

"我看到，您现在已经没有什么话可说了，"短暂的一阵静默之后，伯特莱夫对摄影师说，"请相信，我根本不打算冒犯您。我喜欢和谐，而不是论战，如果说我刚才一味听任雄辩的驱使，我现在恳请您原谅。我只想要一件事情，请您品尝这杯葡萄酒，请您跟我一起为露辛娜干杯，因为，我是为她而来的。"

伯特莱夫举起了他的酒杯，但没有人响应他。

"老板，"伯特莱夫对店主人说，"请您也来跟我们干杯吧！"

"就冲着这好酒，我永远愿意，"老板说，他从邻桌上拿过一只空杯子，倒上葡萄酒，"伯特莱夫先生绝对是品酒行家。他早就闻到我家酒窖的香味，就像一只燕子大老远地猜到了它的巢窝。"

伯特莱夫发出了欢快的笑声，这是一个自尊心得到了别人恭维的人开心的笑。

"您将跟我们一起为露辛娜而干杯吗？"他说。

"为露辛娜？"老板问。

"是的，为露辛娜，"伯特莱夫说，用目光指着他的邻座。"您也像我一样喜欢她吗？"

"跟您在一起，伯特莱夫先生，我们看到的只有漂亮女人。根本用不着仔细瞧这位小姐，就能知道她一定很漂亮，既然她就坐在您的旁边。"

伯特莱夫又一次发出欢快的笑声，老板的笑声也融入进来，奇怪的是，连卡米拉也跟他们一起笑起来，甚至从伯特莱夫一来到这里，她就已经觉得很有趣了。这是一阵意外的笑声，它具有惊人的和莫名其妙的感染力。仿佛出于一种微妙的共鸣，导演也跟着卡米拉笑了起来，接着是助手，最后是露辛娜，她也卷入这多声部的大笑中，就像投身于一通热烈的拥抱中。这是她这一天里的第一次笑。她的第一个轻松自如的时刻。她笑得比谁都厉害，当然，她不能满足于她的笑。

伯特莱夫举起他的酒杯："为了露辛娜！"老板也举起酒杯，随后是卡米拉，接着，导演和助手也举起杯子，所有人都跟着伯特莱夫重复道："为了露辛娜！"就连摄影师，最终也举起他的酒杯，默默地喝了一口。

导演品尝了一口后说："真的，这酒确实好极了。"

"我早就对你们说过了！"老板说。

这期间，小男孩端来一大盘奶酪，放在桌子中央，伯特莱夫说："大家请随便吃，它们都可口极了！"

导演不禁惊讶得目瞪口呆："您是从哪里搞到这些奶酪拼盘的？我们简直就像到了法国。"

蓦然，紧张空气一扫而光，气氛顿时轻松下来。他们自由自在地聊着天，他们随随便便地吃着奶酪，他们在问自己，老板能从哪里找到这么些奶酪（在这个国家，奶酪的品种是很少的），他们不断地往杯子里倒酒。

众人正喝到最高的兴头上，伯特莱夫站了起来，对他们欠身致意，说："我很高兴能跟诸位一起喝酒，我非常感谢大家。我的朋友斯克雷塔大夫今天晚上要举办一场音乐会，露辛娜和我，我们要去那里听一听。"

19

露辛娜和伯特莱夫刚刚消失在薄薄的暮霭中，那种把一帮子饮酒者带向梦幻中极乐岛的原始冲动，也随之消失了，没有什么力量能让它去而复返。每个人都怅然若失。

对克利玛夫人来说，眼下的情景如同大梦初醒一般，说实在的，她真想就永远待在这美梦中，巴不得永远也不要醒来才好。她心想，她也并不是非要去听音乐会不可。假如她发现，她来这里不是为了盯她丈夫的梢，而是为了经历一场冒险的，那对她本人来说，将是一个多么惊险的梦幻啊。假如她跟三个电影人留在这里，然后明天一早再偷偷地回家，那将是多么有趣的事啊。有某种东西在对她窃窃私语，她应该这样去做；这将是一个壮举；一个自由的冲动；一种弥合自身创伤的治疗；一种摆脱魔法迷惑的觉醒。

但是，她已经从沉醉中清醒过来，过于清醒了。所有的巫术不再生效。她发现自己重新变成孤单一人，陪伴着她的，只剩下自己的影子，只剩下她的过去，她那沉甸甸的脑袋，她那脑袋中装满的令人忧虑的陈旧想法。她本来很想让那个梦一直延续下去，哪怕只延续几个钟头，可惜这梦实在太短了，她知道，梦幻已经渐渐地消散了，就像那拂晓前的昏暗缓缓地散去。

"我也该走了。"她说。

他们还试图劝说她，尽管他们心中明白，他们再也没有足够的力量和足够的信心能把她留住。

"真他妈的，"摄影师说，"这家伙究竟是谁啊？"

他们想问老板，但是，自打伯特莱夫一走开，就再也没有人来照应他们了。从咖啡厅里传来顾客们醉声醉气的嗓音，于是，他们只得坐在冷清清的桌子前，面对着残剩的葡萄酒和奶酪。

"不管他是谁，他搅乱了我们的晚会。他从我们手中夺走一位女士，而现在，另一位也要孤身一人地走了。来，我们来送一送卡米拉吧。"

"不，"这一位说，"谁都不要送。我想一个人走。"

她不再跟他们在一起了。现在，他们的在场让她别扭。嫉妒如同死神一样，前来寻找她了。她被嫉妒所攫住，注意不到其他任何人。她站起身，朝着刚才伯特莱夫和露辛娜离去的方向走去。远远的，她听见摄影师说了一句："真他妈的……"

20

音乐会开始之前，雅库布和奥尔佳先去艺术家们的休息室找到斯克雷塔，跟他握了握手，然后走进演出大厅。奥尔佳想在中场休息时就离开，好整个晚上都单独跟雅库布待在一起。雅库布不同意，说这样做他的朋友会不高兴的，但是，奥尔佳一口咬定，他甚至都不会注意到他们的提前离场。

演出大厅爆满，只有他们的两个位子在那一排中还空着。

"那个女人总像个影子似的跟着我们。"当他们坐下来时，奥尔佳探身对雅库布说。

雅库布转过头，看到了奥尔佳身边的伯特莱夫，在伯特莱夫的那一边，就是那个包里装了毒药的女护士。他的心一瞬间里停止了跳动，但是，由于他一辈子都习惯于竭力掩饰自己心中的思想，他就以一种十分平静的语气说道："我想，我们坐的这一排都是免费票，是斯克雷塔为他的朋友和熟人特地留的。由此，他肯定知道我们坐在哪一排，他一定会发现我们的离场。"

"那你就告诉他，坐在前排，音响效果太差，我们在中场休息后换到了后排去坐。"奥尔佳说。

但是，这时候，克利玛已经带着他金灿灿的小号走上台，观众开始鼓掌。当斯克雷塔大夫出现在小号手的身后时，鼓掌声变得更响亮了，而且大厅中滚动起一阵喃喃的低语声。斯克雷塔大夫谦逊地待在小号手的身后，笨拙地挥动着胳膊，意思是说，音乐会的主要人物是来自首都的客人。观众发现了这一动作中美妙的笨拙，因而报以更为热烈的掌声。在大厅的后排，有人叫喊道："斯克雷塔大夫万岁！"

钢琴师是三个人中最不引人注目的和最少赢得掌声的，他坐到了钢琴前的一把矮凳上。斯克雷塔落位于一整套很有气势的架子鼓后面，而小号手，则迈着一种轻快的有节奏的步子，在钢琴师和斯克雷塔之间走来走去。

鼓掌声平息下来，钢琴师敲响琴键，开始独自演奏起序曲来。但是雅库布注意到，他的朋友似乎有些神经质的紧张，还用一种很不满意的神态打量着四周。接着，小号手也发现了医生的难堪，于是凑近到他身边。斯克雷塔冲他耳语了几句。两个男人都俯下了身子。他们查看着地板，然后，小号手从地上拣起落在钢琴脚边的一根小小的鼓槌，把它递给斯克雷塔。

在这时候，认真关注着整个舞台的观众又重新鼓起掌来，钢琴师还以为这阵掌声是献给他的序曲的，便一边不停地演奏，一边点头向观众致谢。

奥尔佳握住雅库布的手，在他耳畔说："真是太妙了，如此之妙，从现在开始，我相信我今天的厄运到此就结束了。"

小号和架子鼓终于参与进来。克利玛一边吹奏，一边迈着有节奏的小步来回走动，斯克雷塔待在他的鼓后，就像一个威严高贵的佛陀。

雅库布想象着，女护士在音乐会中间将会想起她的药，她会服下那片药，然后痉挛着倒下，死在她的座椅上，与此同时，斯克雷塔大夫则会在舞台上使劲地敲着他的鼓，观众们又是鼓掌，又是喝彩。

突然，他一下子明白到，那个年轻女郎为什么会跟他坐在同一排：刚才在餐馆中的不期而会是一个诱惑，一个考验。如果说它确实发生了，那只是为了让他能从镜子中看到自己的形象：一个把毒药给了邻人的男人形象。但是，让他经受考验的那一位（他并不相信的上帝），并不需要有一个血淋淋的牺牲者，他并不需要无辜者的鲜血。在考验之后，不应该有死亡，而只应该有雅库布在自己面前的自我发现，以便一劳永逸地剥夺他那种不太合适的道德优越感。女护士现在之所以就坐在他的同一排，是为了让他能在最后的那一刻拯救她的性命。也正是因为这个，坐在她身边的恰恰就是昨天刚刚成为雅库布的朋友的那个男人，他将会帮助他。

是的，他等待着第一个机会来到，兴许在两首曲目之间的第一次暂停时，那时，他将请求伯特莱夫跟他以及年轻女郎一起出去一下。那样，他就能把一切都解释清楚，这场无法想象的疯狂就将结束。

音乐家们演奏完第一首曲子，鼓掌声响起，女护士说了一声请原谅，就在伯特莱夫的陪同下离开座位。雅库布也想站起来跟在他们后面出去，但奥尔佳拉住他的胳膊，把他留下来："不，求求你了，别现在走。等到中场休息后吧！"

一切发生得那么的快，他都没有时间明白究竟是怎么回事。音乐家们已经在表演下一段曲子，雅库布明白，让他经受考验的那一位，没有让露辛娜坐在他的身旁，以此来拯救他，毫无疑问，他的安排只是为了毁灭他，为了惩罚他。

小号手吹着他的号，斯克雷塔大夫像一个大大的佛陀，挺立在他的鼓后面，雅库布坐在他的座椅上，没有动弹。在这一时刻，他既没有看见小号手，也没有看见斯克雷塔，他只看见了他自己，他看见他坐在那里，看见他没有动弹，他无法把目光从这可怕的形象上移开。

21

当小号那清亮的音色回响在克利玛的耳畔，他以为是他自己在如此地震颤，是他一个人在把这大厅的空间填满。他感到自己战无不胜，强大无比。露辛娜坐在那一排为贵宾特地留出的免费席上，她就在伯特莱夫的身边（这同样也是个吉兆），晚会的气氛相当迷人。观众们听得如痴如醉，尤其是全都神情愉快，这给了克利玛一丝神秘的希望，预示着一切将善始善终。当第一阵掌声响起来时，他以一个优雅的动作请了请斯克雷塔大夫，也不知道是为什么，他只觉得大夫今天晚上既和蔼又亲近。大夫从架子鼓后面站起来，向观众致意。

但是，在第二段曲目之后，当他瞧着大厅时，他发现，露辛娜的座位已经空了。他有些担心。从这一刻起，他吹奏得有些神经质，一边演奏，一边抬起眼睛环顾着整个大厅，一个座位一个座位地扫视，但始终没有看见她。他想，她可能是故意跑掉了，以免再一次听他的劝说，并且，她决意不到堕胎事务委员会前露面了。音乐会后，他该上哪里去找她呢？如果找不到她的话，他又该怎么办呢？

他感到自己演奏得不好，机械呆板，心不在焉。但是，观众却发现不了小号手的不良情绪，他们听得很满意，每一首曲子之后，欢呼喝彩声震耳欲聋。

他又一想，她兴许是去卫生间了，于是，稍稍心定了一些。他想她可能有些不舒服，怀孕的女人常常如此。半个小时后，他心想，她可能是回家找什么东西去了，她还会回来的。但是，中场休息已过，音乐会接近尾声，那个座位一直空着。她也许不敢在音乐会期间回到大厅中来吧？她也许会在最后结束时的鼓掌中回来吧？

但是，已经到了最后结束的时刻。露辛娜还没有露面，克利玛彻底灰心了。观众们站起来，开始欢呼：再来一个！克利玛转身向着斯克雷塔大夫，摇了摇头，表示自己不想再加演。但是，他遇到的却是两只闪闪发光的眼睛，它们渴望着继续敲鼓，一直敲下去，敲它整整一夜。

观众把克利玛的摇头看成是大明星装腔作势时表现的一种习惯符号，依然一个劲地鼓着掌。这时候，一个漂亮的年轻女子挤到了舞台脚下，当克利玛发现她时，他觉得自己马上就要站不住，就要昏倒了，而且再也醒不转来了。她冲他微微一笑，并对他说（他没有听到她的嗓音，但是他从她的嘴唇上猜测出了这话的意思）："很好，演吧！演吧！"

克利玛举起小号，表示他还将演奏，观众一下子就安静下

227

来了。

　　他的两位伙伴大喜过望，重新演奏了最后的一段。对克利玛来说，这似乎是在自己的葬礼上演奏了一曲哀乐。他吹奏着，但他知道，一切都已经完了，他只有闭上眼睛，垂下胳膊，任自己被命运的车轮碾得粉碎。

22

　　在伯特莱夫的套间里，一张小小桌子上，并排放着好多瓶酒，瓶子上的标签花花绿绿，都是一些外国商标。露辛娜对名牌酒一无所知，实在叫不上什么别的牌子来，便点了一杯威士忌。

　　这时候，她的理性试图穿透迷乱的面纱，明白自己目前的处境。她好几次问伯特莱夫，他为什么要找她，而且偏偏要在今天，而他跟她只是有些面熟而已。"我想知道，"她反复说道，"我想知道您为什么想到了我。"

　　"我很久以来就在想您。"伯特莱夫回答说，一直在直瞪瞪地盯着她看。

　　"那么，为什么要在今天，而不是随便哪一天？"

　　"因为凡事皆有它自己的时辰。而我们的时辰，就是现在。"

　　这些话颇有些神秘的意味，但露辛娜觉得它们说得很真诚。随着她的处境变得越来越无望，今天几乎到了令人无法忍受的地步，她觉得某些事情应该发生了。

　　"是的，"她说，一脸梦幻般的茫然，"真是奇特的一天。"

　　"您瞧，您自己都知道了，我来得正是时候。"伯特莱夫说，

229

嗓音温柔如丝。

露辛娜觉得，有一种轻松感侵入了全身，混混沌沌的，甜滋滋的：如果说，伯特莱夫恰恰在今天出现，这正好意味着，一切的发生都是由外界安排好的，她可以安心放松，把自己托付给这强大的力量。

"是的，确实如此，您来得正是时候。"她说。

"我知道。"

然而，还是有某种东西她不明了："但是，这是为什么？为什么您要来找我？"

"因为我爱您。"

爱，这个词说得那么的轻柔，但是它充满了整个房间。

露辛娜低下了嗓音："您爱我？"

"是的，我爱您。"

弗朗齐歇克和克利玛都已经对她说过这个词，但是，今天晚上，她才第一次看到它来得那么的自然，那么的质朴，出人意料，不期而至，它来得那么的赤裸裸，毫无掩饰。这个词像个奇迹，进入房间里。它根本就无法解释，但对露辛娜来说，它似乎又是那么的真实，因为我们生活中最基本的那些东西的存在，就是无法解释的，没有目的的，它们的存在理由只能从它们本身之中去找。

"真的？"她问道，她平时那么尖厉的嗓音，眼下只发出一声呢喃。

"是的，是真的。"

"但我只是一个普普通通的姑娘。"

"根本不是。"

"就是。"

"您很漂亮。"

"不。"

"您很温柔。"

"不。"她说着摇了摇头。

"您散发着柔美和善良的光芒。"

她连连摇着头："不，不，不。"

"我知道您是什么样的人，这一点，我知道得比您还清楚。"

"您什么都不知道。"

"不，我知道的。"

从伯特莱夫眼睛中透出来的信任，像一次美妙的温泉浴，露辛娜希望这目光就这样永远持续下去，将她淹没，将她抚摩。

"真的，我是那样的吗？"

"是的，我知道。"

这是多么美好的眩晕，就像在腾云驾雾一般：在伯特莱夫的眼中，她感到自己文雅，温柔，纯洁，她感到自己就像女王那样高贵。她突然觉得自己像是用蜜和芬芳的植物糅成的。她发现自己是那么的招人喜欢。（我的上帝！她还从来没有感觉过自己是那么甜美地招人喜欢。）

她还在继续推辞。

"可是，您简直还不认识我。"

"我很久以来就认识您。很久以前，我就在观察您，您甚至都没有想到。我闭着眼睛都知道您的样子，"他说，他伸出手指摸着她的脸，"您的鼻子，您甜甜地绽开的微笑，您的秀发……"

随后，他开始解她的纽扣，她一点儿都不抵御，她满足于直直地盯着他的眼睛，他那道目光，就像一池温泉软绵绵地浸泡着她。她坐在他的对面，赤裸的乳房在他的目光下高高地挺立起来，它们渴望被注视，被赞美。她的整个身体转向他的眼睛，就像葵花转向太阳。

23

　　他们待在雅库布的房间里，奥尔佳说着话，雅库布则在对自己说，他还有时间。他还可以到卡尔·马克思公寓去转一下，假如她不在那里，他可以到隔壁的套房去打扰一下伯特莱夫，问问他是不是知道那个年轻女郎的情况。

　　奥尔佳一个劲儿地絮絮叨叨，而他则继续想象着那令人难堪的一幕，他想象自己见到女护士后，该如何向她解释原因，他仿佛看到自己结结巴巴，语无伦次，提出种种借口，请求她的原谅，试图从她那里拿到那个药瓶。然后，突然间，他被好几个小时以来就一直折腾着他的这番幻觉弄得精疲力竭，他感到自己被一阵强烈的漠然感攫住。

　　这不仅仅是疲劳带来的漠然，它还是一种解脱的和挑战性的漠然。雅库布一下子明白到，他实际上根本就不在乎那个金黄头发的尤物能不能侥幸活下来，假如他试图去救她，那只是一种虚伪行为，一出不怎么样的喜剧。他若是这样做，只能是在欺骗那个考验他的人。因为，要考验他的那一位（并不存在的上帝），想了解的是雅库布本来的面目，而不是他假装出来的样子。于是，

233

雅库布决定，要忠实于他的考验者；要还自己一个本来的面目。

他们面对面地坐在扶手椅中，一张小桌子隔在他们之间。雅库布看到，奥尔佳越过这张小桌子，朝他探过身子，他听到她的嗓音："我想让您亲亲我。我们这是怎么回事，我们认识这么长时间了，居然还没有吻过一次呢？"

24

克利玛夫人的脸上强挤出一丝苦笑，心中充满万般的忧虑，她跟在丈夫的身后，溜进了演奏者的休息室。她担心会发现克利玛的情妇的真实面目，但是，那里连个情人的影子都没有。只有几个小姑娘挤在那里，想请克利玛为她们签名，不过，她明白（她有一双老鹰一般犀利的眼睛），她们当中没有一个人私下里认识他。

然而，她还是坚信，那情妇就在附近的什么地方。她从克利玛的脸上猜到这一点，瞧他苍白的脸上怅然若失的样子。他冲他妻子假笑了一下，假得恰如她的那丝苦笑。

斯克雷塔大夫，药剂师和其他几个人，可能是一些医生以及他们的夫人，来到克利玛跟前，向他表示致意。有人提议到当地唯一的酒吧去坐一坐。克利玛推辞了，借口身体很疲劳。克利玛夫人想，那个情妇肯定在酒吧中等着；所以克利玛才拒绝到那里去。由于不幸总是像磁铁一般地吸引着她，她便请求他给她一个面子，克服疲劳去一趟酒吧。

但是，在酒吧中也一样，她看不到一个女人她可以怀疑跟克利玛有染。大家坐在一张大桌子前。斯克雷塔大夫喋喋不休，一个劲儿地赞扬小号手。药剂师满脸洋溢着一种腼腆的幸福感，只是苦于表达不出来。克利玛夫人一心想表现得妩媚动人，快快乐乐。"大夫，您真是棒极了，"她对斯克雷塔说，"您也一样，亲爱的药剂师。那气氛真叫热烈，真挚，无忧无虑。比在首都的那些音乐会强过一千倍。"

她虽没有瞧着他，却没有停止过一秒钟对他的观察。她觉得，他为了掩饰自己的慌乱，不惜竭力表现出更紧张的神态，不时地说上一句话，好让他的心不在焉能掩人耳目。很显然，她搅黄了他的什么好事，而且不是什么一般的事。如果事情只涉及一次普通的艳遇（克利玛总是向她对天起誓，他决不会爱上另外一个女人），他决不会苦苦地陷入一种如此深的烦闷中。确实，她没有见到什么情妇，但她相信看到了爱情；爱情就在她丈夫的脸上（一种痛楚的和绝望的爱情），而这情景，兴许还更令人痛苦。

"您怎么了，克利玛先生？"药剂师突然问道，正因为他的沉默寡言，他的话才那么亲切，他的观察才那么敏感。

"没什么，真的没什么！"克利玛说，他有些害怕。"我有些头痛。"

"您不想吃一片药吗？"药剂师问。

"不，不，"小号手说，摇了摇头，"不过，我请你们原谅，我们想早一点走。我真的很疲劳。"

25

她最终怎么有了勇气？

自从她在餐馆见到雅库布之后，她就觉得他跟往常不一样。他寡言少语，但又亲切和蔼，他无法集中精力，却又安坐静听，他实际上心不在焉，然而，他却尽量满足着她的要求。这种心神不定（她把它归于他的即将出国）让她感到很愉快：她对着他走了神的脸说话，就像在没有人能听见的遥远之地说话。这样，她就可以说出她从来没有对他说过的话。

现在，她请他亲吻她，她觉得有些为难他，惹他不安。但是，这丝毫没有让她失掉勇气，正相反，这让她很开心：她觉得，自己终于变成了她一向渴望成为的那种大胆的、挑逗的女人，能把握形势，调动形势，能好奇地观察对手，使对手陷入难堪的女人。

她继续瞧着他，眼睛一眨都不眨，微微一笑，对他说："但是，不要在这里。隔着一张桌子探过身子亲吻，那我们实在也太滑稽了。来吧。"

她伸手给他，领他走向长沙发，同时品味着她举止的细腻、优雅和平静中的威严。然后，她亲吻了他，她怀着一种她还从来没有体验过的激情这样吻了他。然而，这不是来自肉体的不能自已的自发激情，这是来自头脑的激情，一种有意识的、自觉的激情。她想把雅库布从他扮演的慈父角色的伪装中拖出来，她想让他出丑，想刺激他，想让他慌乱，她想强暴他，想看到自己正在强暴他，她想了解他舌头的味道，想感受到他慈父般的手渐渐地变得大胆，抚摩她的身子。

她解开了他衣服的纽扣，把衣服脱下来。

26

　　在整场音乐会期间，他的眼睛就没有离开过他，然后，他混在热情的观众中，随着他们一起涌向后台，看着他们找艺术家签名留念。但是，露辛娜没在那里。他跟随着一小群人和小号手一起来到温泉城的那家酒吧。他跟他们一起进了酒吧，坚信露辛娜一定在那里等小号手。但是他想错了。他又走出来，在门口久久地来回察看。

　　突然，他感到一阵撕心裂肺似的疼痛。小号手刚刚走出酒吧，一个女人的身影紧紧地靠着他。他想，这肯定就是露辛娜了，但他看到那不是她。

　　他一直跟踪他们来到里奇蒙大厦，克利玛跟那陌生女子进了楼。

　　他又迅速穿过公园，赶到卡尔·马克思公寓。门还开着。他问看门人，露辛娜是不是在家。她不在家。

　　他又返身折回里奇蒙大厦，担心露辛娜会在那里跟克利玛会合。他在公园的小径上来回踱步，眼睛死死地盯着大门口。他一点儿都不明白刚刚发生的事。许多猜测闪现在他的脑子里，但它们全都站不住脚。站得住脚的只有一件事，那就是，他站在这里，他窥视着，他要窥视着，直到他见到他们为止。

为什么？这有什么意思？他难道不是更应该回家睡觉去吗？

他反复告诉自己，他应该最终发现全部真相。但是，他真的愿意了解真相吗？他真的希望确切证实露辛娜跟克利玛睡觉吗？他难道不是更愿意等待一种证明，证明露辛娜的清白吗？然而，他是那么的多疑，难道还真的会相信这一证据吗？

他不知道他为什么还等在那里。他只知道他会久久地等待，必要的话，他会等它一整夜，甚至好几夜。因为被嫉妒心刺伤了的时间，会以一种难以想象的速度飞驰。嫉妒心会比一件热心投入的智力活更能占据人的头脑。头脑不再会有一秒钟的空闲。一个被嫉妒心俘虏的人，就不知道什么叫厌烦。

弗朗齐歇克来回踱步，用脚量着短短的一段小路，大约只有一百来米的长度，从这段路上，可以看见里奇蒙大厦的大门。整整一夜，他就将这样来回踱步了，直到所有其他的人全都入睡，他就将这样来回踱步，直到第二天，直到下一章的开始。

但是，他为什么不坐下来呢？公园里有长椅正面对着里奇蒙大厦！

他不能坐下来。嫉妒心就像是剧烈的牙疼，当一个人嫉妒心发作时，他什么事都做不了，甚至都不能坐着。他只能来回走动。从一点到另一点。

27

　　他们循着伯特莱夫和露辛娜以及雅库布和奥尔佳走过的同一道路；走楼梯上二楼，然后就看到走廊上铺着的红色呢绒地毯，地毯一直铺到走廊尽头，那里正好是伯特莱夫套间的大门。在它的右边，是雅库布房间的门，而左边，就是斯克雷塔大夫借给克利玛的房间。

　　当他打开门，开亮灯后，他注意到，卡米拉用狐疑的目光扫视了一遍房间。他知道，她在寻找一个女人的踪迹。他熟悉这道目光。他知道她的一切。他知道，她的亲近并非出自真诚。他知道，她是前来跟踪他的，他知道，她是假装前来讨他喜欢的。而且，他还知道，她明显地发觉了他的难堪，她确信扰乱了他的一场艳遇。

　　"亲爱的，我到这里来真的不妨碍你吗？"她问。

　　他说："你看这样就会妨碍我了吗？"

　　"我担心你在这里会感到寂寞。"

　　"是的，没有你，我可能会寂寞的。当我看到你在舞台下鼓掌时，我可真是从心里感到高兴啊。"

"你看起来很疲劳。不然，你是不是有些不愉快？"

"不，不，我没有不愉快。只是有些疲劳。"

"你有些忧郁，因为你们在这里总是一帮子男人相处，这让你郁闷。但是，现在，你跟一个漂亮女人在一起。我难道不是一个漂亮的女人吗？"

"没错，你是一个漂亮的女人。"克利玛说。这是他今天对她说的第一句真心话。卡米拉的美貌闻名遐迩，克利玛一想到这一美貌将遇到一种致命的危险，心中就感到一种巨大的痛苦。但是，这一美貌在对他微笑，开始当着他的面脱衣服。他瞧着她的肉体慢慢地裸露出来，仿佛是在向他告别。乳房，她那美丽的乳房，纯洁无比，完美无瑕，纤细的腰身，平坦的腹部，内裤刚刚从那里脱落。他怀恋地观看着她，就像是在欣赏一件纪念品。就像隔着一层玻璃。就像在远远地观望。她的裸体是那么的遥远，引不起他丝毫的兴奋。然而，他还是以一道贪婪的目光注视着她。他吮吸着这一裸体，就像一个死囚犯在临刑前畅饮着最后的一杯酒。他吮吸着这一裸体，就像人们追饮着一段失去的往昔，一种失去的生命。

卡米拉靠近他，说："你怎么了？你还不脱衣服吗？"

他毫无办法，只有乖乖地脱衣服，心中无限悲伤。

"不要以为你现在有权利疲劳，我到这里来是来找你的。我想要你。"

他知道这不是真的。他知道卡米拉根本就不想做爱，她强迫自己作出这一挑逗的姿态，仅仅出于一个理由，因为她看出了他的忧伤，她把这忧伤归于他对另一个女人的爱。他知道（我的上帝，他是那么的熟悉她！），她想以这爱情的挑战考验一下他，想知道他的心牵挂着另一个女人到了什么程度，他知道，她想以他的忧伤折磨自己。

"我真的很疲劳。"他说。

她把他搂在怀里，然后领他走到床前。"你看着吧，我要让你忘记它，你的疲劳！"说着，她开始抚弄他赤裸的肌肤。

他躺着，就像在一张手术台上。他知道，他妻子的一切尝试都将是徒劳的。他的肉体在收缩，向内收缩，再也没有任何向外扩张的能力。卡米拉湿润的嘴唇拂过他的全身，他知道，她想折磨自己，并且也折磨他，他真是恨她。他怀着他全部强烈的爱在恨她：这都是她的错，只是她的错，她的嫉妒、她的怀疑、她的不信任，是她的错，只是她的错，她今天的来访把一切都毁了，正是因为她，他们的婚姻将受到另一个女人肚子里的爆炸物的威胁，一个爆炸物，七个月以后就将炸响，将一切荡涤得干干净净。是她的错，只是她的错，一个为了他们的爱而失去理智的女人，毁掉了一切，还在那里颤抖。

她把嘴贴在他的肚子上，他觉得他的阳物在她的抚摩下收缩了，一个劲地往里缩，在她面前逃脱，变得越来越小，越来越焦虑。而他知道，卡米拉会把他身体的这一拒绝，看成为对另一个女人的爱的增强。他知道，她已经痛苦地折磨了她自己，而她越是痛苦，就越是也要让他痛苦，于是，她就越发固执地用她湿润的嘴唇触碰他无力的肉体。

28

他从来就没有想过，一丝一毫也没有想过，他要跟这个姑娘睡觉。他愿意为她带来快乐，以他整个的仁慈充满她的心田，但是，这种仁慈跟感官上的欲望没有丝毫的共同之处，更有甚之，它彻底排斥着肉欲，因为它只想表现得纯洁、无私，摆脱一切的快感。

但是，他现在怎么办呢？为了不玷污他的仁慈，他是不是应该把奥尔佳推开？这恐怕不行。他的拒绝会深深地刺伤奥尔佳，给她留下永久的创伤。他明白，仁慈这一杯苦酒，就应该连同它的渣滓一起喝下去。

她突然之间就赤裸裸地站到他的面前，他告诉自己，她的面容是那么的高贵而又甜美。但是，他一看到跟这张脸连在一起的躯体，这一慰藉就变得几乎微不足道了：她的身体就像是一根又细又长的茎干，茎干的顶端开着一朵毛茸茸的花，而且花朵肥大得实在不成比例。

但是，雅库布知道，不管漂亮还是不漂亮，都已经再也没有办法逃避了。再说，他感觉他的肉体（这奴性十足的肉体）已经再一次完全准备好举起它善解人意的长矛。然而，他的兴奋仿佛发生在另一个人的身上，远远的，在他的心灵之外，就仿佛他虽然兴奋了，却没有主动参与，而且他暗暗地还在轻视这一兴奋。他的心灵远离着他的肉体，只挂念着一个陌生女子手包中的毒药。它最多不过略带遗憾地观察着这一肉体，看着这肉体盲目而又无情地追逐它那浅薄的趣味。

　　一个转瞬即逝的回忆掠过他的脑海：他十岁的时候，得知了小孩子是怎么来到这世界上的，从此，孩子出世的想法总是萦绕在他的心头，尤其随着年龄的增长，他从细节上知道了女性器官的具体构成，那种孩子降生的想法更是满脑子地转。他常常想象着他自己的诞生；他想象他那细小的身体从狭窄而又潮湿的管道中滑过，他想象他满鼻子满嘴巴都是奇怪的黏液，而且他全身都被弄得黏糊糊的。是的，女性的黏液在他身上留下那么深的痕迹，以至于在雅库布的一生中，都对他施加着神秘的权威，都有权随时随地把他召唤去，并控制他身体的奇特机制。所有这一切始终在羞辱着他，他反抗着这一奴役，至少拒绝把自己的心灵给予女人，以此保留着他的自由和他的孤独，从而把黏液的权威限制在他生活中某些确定的时刻里。是的，如果说，他对奥尔佳那么地关爱，那无疑是因为，对他来说，她的整个人已完全超出性别的界线，他确信，她永远也不会通过她的肉体，使他回想起他降生人世的那种羞耻方式。

他粗暴地排斥了这些想法，因为，长沙发上的情势眼下在迅速地发展着，因为，他随时随刻都该进入她的身体，而他带着一种羞耻的想法，不愿意这样做。他对自己说，这个在他前面展露自身的女人，是他奉献出了自己一生中唯一纯粹的爱的那个生命体，他现在要去爱她，只是为了她的幸福，为了让她认识快乐，为了让她自信，让她快活。

他惊讶自己的举动：他在她的身上蠕动，就好像他在仁慈的波浪上摇晃。他感觉很幸福，他感觉很好。他的心灵谦卑地跟他肉体的活动同化，就好像性爱行为只是对邻人一种柔情、一种情感的肉体表达。没有丝毫的障碍，没有丝毫的不和谐音。他们彼此紧紧地搂抱着，他们的喘息混在了一起。

这是一段美妙的、长久的时光，随后，奥尔佳在他耳边悄悄地说了一个淫秽的字眼。她悄悄地说了第一遍，然后又说了一遍，接着又是一遍，她自己被这个字眼刺激得兴奋不已。

仁慈的浪潮一下子退得干干净净，雅库布和年轻女郎留在了荒漠的中央。

不，通常，在做爱过程中，他对淫秽字眼一点儿也不感冒。它们在他心中唤醒了肉欲和冷酷。它们使得女人在他的心灵中变得令人愉悦地陌生，在他的肉体中变得令人愉悦地可亲。

但是，这个淫秽字眼，出自奥尔佳的口，却粗暴地毁灭了一切温柔的幻觉。它把他从美梦中唤醒。仁慈的云雾消散了，猛然间，他看到了自己怀里的奥尔佳，就像他刚才看见的那样：头上顶着一朵巨大的花，下面颤抖着躯体那纤细的茎干。这个动人的尤物拥有妓女的那类挑逗方式，不断地表现得楚楚动人，这给那个淫秽的字眼增添了某种喜剧和忧愁的味道。

但是，雅库布知道，他不应该流露出什么来，他应该控制住自己，他应该继续畅饮那仁慈的苦酒，因为这一荒诞的性爱是他唯一友善的举动，是他唯一的赎罪（他一刻也没有停止过回想在另一个女人手包中的毒药），是他唯一的拯救。

29

　　就像软体动物两片贝壳中一颗又大又圆的珍珠，伯特莱夫的豪华套房正好夹在两边两个不那么豪华的房间之间，现在，那里分别住着雅库布和克利玛。不过，那两个房间很长时间以来一直被寂静笼罩着，好不容易，伯特莱夫怀中的露辛娜才发出了充满着肉欲的最后的叹息声。

　　随后，她静静地躺在他的身边，他则抚摩着她的脸。过了一会儿，她突然号啕大哭起来。她久久地哭着，把脑袋埋入他的胸膛。

　　伯特莱夫抚摩着她，就像抚摩着一个小姑娘，她真的感觉自己很小很小。从来没有那么小（她从来没有这样把脸埋在任何人的胸膛里），但是，也从来没有那么大（她从来没有像今天这样感受那么大的快感）。她痛痛快快地哭着，身子一冲一冲地动着，冲向那迄今为止于她始终陌生的幸福感。

　　现在，克利玛在哪里呢？弗朗齐歇克又在哪里呢？他们正在遥远的迷雾中的什么地方，他们的身影像羽毛一样轻柔，轻轻地飘向地平线。露辛娜那么固执地抢夺一个人，同时竭力摆脱另一个人的欲望又到哪里去了呢？她那痉挛般的愤怒，还有她的沉默，又变成了什么？从早上起，她不是一直把自己封闭在她的沉默中，好像裹在厚厚的盔甲里，生怕受冒犯似的？

她躺着，她痛苦着，他抚摩着她的脸。他对她说，让她好好睡一觉，说他自己的卧室就在隔壁。于是露辛娜睁大眼睛盯着他瞧。伯特莱夫赤裸着身子，走到卫生间（可以听到流水的声音），随后又返回，打开衣柜，拿出一条被单，细心地把它展开，盖在露辛娜的身上。

露辛娜看到了他青筋毕露的腿肚子。当他朝她俯下身来时，她注意到，他鬈曲的头发稀稀朗朗，头皮从灰白的头发下显露出来。是的，伯特莱夫已经六十来岁了，他甚至有了鼓鼓的肚子，但是，对露辛娜来说，这都不算什么。相反，伯特莱夫的年龄令她安心，在她的青春年华上投射下一道灿烂的光芒，尽管依然忧郁，依然茫然，她感到自己充满活力，才刚刚踏上人生之路。此时此刻，在他的面前，她发现她的青春还能保持很长很长的时间，她不用着急忙慌的，她根本不用害怕时间的流逝。伯特莱夫又在她的身边坐下，抚摩着她，她仿佛觉得，比起他手指头令人宽慰的接触来，她更是在他那把年龄的令人放心的爱抚中，找到了自己的庇护所。

随后，她的知觉模糊了，在她的脑子里，掠过种种混沌的幻觉，那是睡眠之神最初的光临。她苏醒过来，在她的眼前，整个房间似乎沉浸在一片蓝盈盈的奇特光线中。她从未见过的这道奇异光芒是什么呢？是月亮降落到了跟前，被一层蓝色的帷幕裹住了吗？莫非是露辛娜睁着眼睛在做梦？

伯特莱夫朝她微笑着，不停地抚摩着她的脸。

现在，她彻底地闭上眼睛，被睡意卷走了。

第五天

1

　　当克利玛从很轻的睡眠中醒来时，天色还是黑的。他想在露辛娜去上班之前找到她。但是，如何对卡米拉解释，他在天亮之前要出去一趟呢？

　　他瞧了瞧手表：现在是清晨五点钟。假如他不想错过见露辛娜的面，他就必须马上起床，但他却找不到借口。他的心跳得很厉害，但他又能怎么办呢！他起了床，开始轻轻地穿衣，生怕吵醒卡米拉。他系上衣服纽扣的时候，听见了她的声音。这是一个细小的尖嗓音，像是从半醒半睡中发出来的："你去哪里啊？"

　　他走到床前，在她的嘴唇上轻轻地吻了一下，说："睡吧，我去去就回。"

　　"我陪你去吧。"卡米拉说，但是，她接着马上又睡着了。

　　克利玛迅速走出房间。

2

这可能吗？他还在来回踱步吗？

是的。但是，他突然停住了脚步。他发现克利玛出现在里奇蒙大厦的门口。他赶紧躲藏起来，并开始悄悄地跟踪他，一直跟到卡尔·马克思公寓。他走过门房（看门人在睡觉），停在走廊的角落，露辛娜的房间就在那里。他看到小号手敲响了女护士房间的门。没有人给他开门。克利玛又敲了好几下，然后，他转身走了。

弗朗齐歇克跟在他后面，急冲冲地跑出了大楼。他看见他沿着那条长长的街，走向了温泉疗养院，半个小时后，露辛娜也要去那里上班。于是，他大步跑回卡尔·马克思公寓，敲鼓似地敲着露辛娜的房门，嘴里低声地却很清楚地对着钥匙孔说："是我！弗朗齐歇克！对我，你什么都不用害怕！你可以给我开门了！"

没有人回答他。

当他返回时，看门人刚刚起床。

"露辛娜在家吗？"弗朗齐歇克问他。

"她昨天夜里一直就没回来，"看门人说。

弗朗齐歇克走上了大街。他远远地看到克利玛走进温泉疗养院。

3

露辛娜通常在五点半醒来。这一天，在那么甜美地睡了一夜
之后，她没有再多睡一会儿。她起了床，穿上衣服，踮着脚尖走
进隔壁的小房间。

伯特莱夫侧身睡着，他呼吸深沉，他的头发，白天始终得到
精心的梳理，现在却乱蓬蓬的，露出秃顶的头皮。在睡眠中，他
的脸显得更加灰白，更加苍老。一瓶瓶药摆在他的床头柜上，使
露辛娜联想起医院来。但是，这一切根本就不让她觉得别扭。她
瞧着他，她热泪盈眶。她从来没有经历过像昨天那样美好的夜晚。
她体验到一种奇特的欲望，想在他面前跪下。她没有跪下，但她
朝他俯下身，轻轻地吻了一下他的额头。

出了门，快到疗养院的时候，她看见弗朗齐歇克迎面朝她
走来。

要是在昨天，这一相遇恐怕会让她震惊。尽管她爱上了小号
手，弗朗齐歇克对她来说依然非常重要。他和克利玛构成了不可
分割的一对。一个体现为平庸的现实，另一个则是美好的梦幻；
一个要她，另一个则不要她；对一个，她想躲避，对另一个，她

则渴望拥有。这两个男人，每一个都确定了另一个的存在意义。当她决定，她怀上的是克利玛的孩子时，她并没有因此而把弗朗齐歇克从自己的生活中一笔勾销；相反：是弗朗齐歇克促使她作出这个决定的。她在这两个男人之间，就如同在她生命的两极之间；他们是她的星球的北极和南极，她不知道还有什么别的星球。

　　但是，这一天早上，她突然明白到，这并不是唯一可居住的星球。她明白到，没有了克利玛，没有了弗朗齐歇克，她照常可以活着；她完全没有理由着急慌忙；时间完全有的是；她可以由一个睿智而又成熟的男人带领着，远离青春凋谢得如此快的这个中了魔的领地。

　　"你在哪里过的夜？"弗朗齐歇克劈脸问道。

　　"这跟你没有关系。"

　　"我去你家了。你没有在你的房间里。"

　　"我在哪里过的夜，这跟你绝对没有任何关系。"露辛娜说，她停也不停地就要穿过疗养院的大门，"你再也别来找我了。我禁止你来找我。"

　　弗朗齐歇克怔怔地站在疗养院的大门前，由于他走了整整一夜的路，脚疼得厉害，他便坐在一把能监视到大门的长椅上。

　　露辛娜三步并作两步地登上楼梯，来到二楼，走进一个空旷的候诊厅，那里供病人使用的长椅和扶手椅全都靠墙而排。克利玛正坐在她上班的那个科室的门前。

"露辛娜，"他站起身说，他瞧着她，目光中充满着绝望，"我求求你了。我求求你，请你理智一些！我会跟你一起去的！"

　　他的忧虑变得赤裸裸的，毫无遮掩，完全剥去了这几天来他一直竭力伪装的情感煽动的外衣。

　　露辛娜对他说："你想甩了我。"

　　他害怕了："我不想甩掉你，正相反。我所做的一切，都是为了我们能在一起生活得更幸福。"

　　"撒谎！"露辛娜说。

　　"露辛娜，我求求你了！你要是不去的话，我们就会陷于不幸之中！"

　　"谁对你说过我不去了？我们还有三个小时呢。现在才六点钟。你可以安安稳稳地回去睡觉，你老婆正在床上等着你呢！"

　　她猛地关上门，匆匆穿上她的白大褂，对她那个四十多岁的女同事说："帮我一个忙行吗？我九点钟时有事要出去一下。你能不能替我一个小时的班？"

　　"这么说，你还是被他说服了。"她的同事说，语气中含着指责的意思。

　　"不，我坠入了情网。"露辛娜说。

4

　　雅库布走到窗户前，打开窗子。他还在想着那片浅蓝色的药，他实在无法相信，自己昨天真的把它给了那个陌生女子。他凝望着蔚蓝的天空，尽情地呼吸着秋天清晨的清凉空气。他看到窗户外的世界还是那么正常、平静、自然。昨天跟女护士之间的小插曲一下子显得荒唐而又不现实。

　　他拿起电话筒，拨通了温泉浴护理中心的电话。他要求跟女子部的露辛娜护士通话。他等了很长时间，然后，一个女人的嗓音响了起来。他重复说，他要跟露辛娜护士说话。那嗓音回答说，露辛娜护士现在正在浴池工作，她不能前来接电话。他说声谢谢，就挂了电话。

　　他感觉到一种巨大的轻松：女护士还活着。装药的药瓶上写着每日服三次的字样，昨天晚上她无疑已经服了一片，今天早上又服了一片，这么说，她早就服下了雅库布的那片药。突然，一切在他眼前变得再明白不过了：那片浅蓝色的药片，他一直把它当作自己自由的保证而藏在衣兜中，其实是一片假药。他的朋友给了他假想的毒药。

我的上帝，他迄今为止怎么一直就没有想过这一点呢？他又一次回忆起遥远的那一天，他向他的朋友索要毒药。那时候，他刚刚从监狱里出来，而现在，多年之后再回顾起来，他明白到，所有那些人在他的恳求中看到的，无疑只是一个戏剧性的动作，目的是要吸引人们的注意力到他曾忍受的痛苦上来。但是，斯克雷塔毫不犹豫地答应了他的要求，几天之后，他给他带来了一片带着浅蓝色光泽的药。是啊，他何必要犹豫呢，他何必要说服他回心转意呢？比起那些拒绝了他恳求的人来，他的做法无疑更为聪明，更为灵活。他给了他平静与确信的无害幻觉，更有甚之，他把他当成了一个永远的朋友。

　　他怎么就一直没有产生过这一想法呢？早在那个时候，他就觉得斯克雷塔的做法稍稍有点离奇，他给他的那片毒药，外表像是机器制造的普通药。尽管他知道，斯克雷塔作为一个生物化学家，是能够接触到毒药的，但他仍不能明白，他怎么能够动用工业机械来压造药片。但是，他当时没有提出疑问。尽管他怀疑一切，他却相信他的药片，就像人们相信福音书。

　　现在，在这巨大轻松的时刻，他显然非常感激他朋友的弄虚作假。他很高兴女护士还活着，这整整一段荒诞的经历只是一个可怕的噩梦，一段糟糕的幻觉。但是，人生中间，没有任何东西会持续长久，在渐渐淡弱的轻松之波后面，涌起了一个纤弱的遗憾之音：

这是多么可笑！他藏在衣兜里的药片，给了他的每一个脚步一种戏剧性的庄严，使得他把生活变成了一个宏大的神话！他坚信自己把死神包在绢纸中带在身上，而实际上，它只是斯克雷塔甜美的笑靥。

雅库布知道，无论如何，他的朋友这样做是有道理的，但是，他无法不让自己想到，他如此喜爱着的斯克雷塔，一下子就变成了一个普通的医生，就像千千万万的医生那样。毫不犹豫地把毒药给他，把这样一件事情做得如此自然，使他从根本上有别于雅库布所认识的普通人。在他的行为中，有着某种不真实的东西。他的所作所为，不像别人对其他人的所作所为。他连问都没有问自己一下，雅库布是不是会在歇斯底里发作中，或者在意志消沉时滥用毒药。他把他当作一个能完全控制自身的人，一个没有人性弱点的人。他们彼此对待对方，就像是两个被迫活在人类中间的上帝。正是这一点，显得那么的壮美。令人无法忘怀。而突然，这就完了。

雅库布一声不吭地望着蔚蓝的天空：今天，他给我带来了轻松和宁静。同时，他剥夺了我对他的幻想；他从我心中抢走了我的斯克雷塔。

5

露辛娜的同意使克利玛陷入一种甜美的不知所措中，但是，世界上最大的报偿一时也不能把他从候诊厅中引诱出来。露辛娜昨天夜里莫名其妙的消失，像一个沉重的带威胁性的谜，留在他的记忆中。他决定在这里耐心地等她，生怕有人会劝她改变主意，把她带走，把她抢走。

疗养者开始到来，她们打开露辛娜消失于其后的那道门，有的留在了那里，有的则回到走廊中来，坐在靠墙的长椅子上，所有的女人都好奇地打量着克利玛，因为她们还不习惯看到一个男人坐在女病区的候诊厅里。

随后，一个穿着白色工作服的胖女人进来了，久久地瞧着克利玛；然后，她走近他，问他是不是在等露辛娜。他脸红了，点了点头。

"您没有必要在这里等，您要一直等到九点钟呢。"她带着一种有些炫耀意味的熟悉口气说。这时候，克利玛觉得，在大厅里的所有女人全都听到了她说的，全都知道这是怎么回事。

大约九点还差一刻的时候，露辛娜重新出现了，穿的是上街时的衣服。他紧紧地跟上她的脚步，他们一句话也没有说，就走出疗养院大楼。他俩都沉浸在各自的心事中，他们都没有注意到，弗朗齐歇克正躲在公共花园的树丛后，跟踪着他们。

6

雅库布只剩下跟奥尔佳和斯克雷塔告别了，但是，在此之前，他还想独自一人在公共花园中溜达一会儿（最后一次），怀着留恋之情再看一眼那些像火焰一样的树木。

他出门来到走廊上时，一个年轻女子正好关上对面房间的门，她高挑的身影立即吸引了他的目光，当她转过身来时，他被她的美丽惊呆了。

他跟她打了一个招呼："您是斯克雷塔大夫的朋友？"

女人亲切地莞尔一笑："您是怎么知道的？"

"您这个房间是斯克雷塔大夫专门为他的朋友留的。"雅库布说，接着，他作了自我介绍。

"很高兴认识您。我是克利玛夫人。大夫把房间给了我丈夫。我在找他，他可能跟大夫在一起。您知不知道我上哪里能找到他？"

雅库布怀着一种极其愉快的心情，注视着眼前的年轻女子，他一下子想起来（又一次！），今天是他在这里度过的最后一天，连最细小的事情也会由此获得一种特殊的意义，并成为一个象征性的征兆。

但是，这一征兆对他意味着什么呢？

"我可以陪您去见斯克雷塔大夫。"他说。

"我就不胜感激了。"她答道。

是的，这一征兆对他意味着什么呢？

首先，这只是一种征兆，再无别的。两个小时之后，雅库布就将离去，而这个漂亮的尤物，她什么也不会在他身上留下。这个女人仅仅是作为拒绝的符号出现在他面前的。他跟她的邂逅仅仅是为了让他坚信，她决不可能属于他。他跟她的邂逅只是说明，他的离去将使这一形象在内的一切全都消失殆尽。

"真是太不可思议了，"他说，"今天，兴许是我这一辈子跟斯克雷塔大夫的最后一次见面。"

但是，这女人为他带来的征兆，还对他说了更多的东西。这一征兆，在最后的一刻，前来向他预告了美的存在。是的，美，雅库布几乎有些惊恐地明白到，他几乎还从来没有认识过美，他与美擦肩而过却视而不见，他从来没有为了美而生活过。这个女人的美使他激昂。他突然产生一种情感，从一开始起，在他所有的算计中，就有了一个错误。他忘了考虑到一个因素。他似乎觉得，假如他早一些认识这个女人，他的决定就将会不一样。

"您怎么会是最后一次去见他的面呢？"

"我要出国了。要去很长时间。"

他的生活中并非没有过漂亮的女人，只不过，她们的魅力对他来说始终只是一种次要的东西。促使他走向女人的，是一种复仇的欲望，是忧愁和不满足，或者是同情和怜悯，对于他，女人的世界跟他在这个国家里参与的那出苦涩的戏剧混淆在一起，在那剧中，他既是迫害者，又是受迫害者，他经历了那么多的斗争，却没有过抒情的田园牧歌。但是，这个女人从天而降，突现在他眼前，她远离着这一切，远离着他的生活，她来自外界，她出现在他面前，不仅作为一个美丽的女子出现，而且作为美本身，她向他预告，人们可以在这里别样地生活，为了别的东西生活。她向他预告，美要胜过正义，美要胜过真理，它更为真实，更不容争辩，而且更容易得到，美高于一切东西，而在眼下，他已经永远失去了它。这个美丽的女子来到他面前，是为了告诉他，他不要以为自己已经了解一切，不要以为他在这里的生活已经尝试了所有的可能性。

"这真是一件让我羡慕的事。"她说。

他们一起走着，穿过公共花园，天空一片蔚蓝，公园里的树叶有的发黄，有的发红，雅库布一再对自己说，树叶就是火焰的形象，那里燃烧着他往日里所有的奇遇，所有的回忆，所有的机遇。

"我没有什么可羡慕的。我有一种感觉，眼下，我似乎不应该离开。"

267

"为什么？在最后的一刻，您开始喜欢上这里了吗？"

　　"我喜欢上的是您。您让我喜欢得要命。您美丽无比。"

　　不知怎么地，这些话就从他嘴里出来了，然后，他想，他有权利把一切都对她说出来，因为他几个小时以后就要离开，他的话不会有什么后果的，无论对他，还是对她。这种突然发现的自由使他有些醉意盎然。

　　"我曾经盲目地生活着。盲目地。今天，我第一次明白到，美是存在着的。我跟它失之交臂。"

　　对他而言，她跟音乐以及绘画融成一体，引导他进入他从未涉足过的这个王国，她跟他周围那五颜六色的树木融成一体，突然，他在那些树木中再也看不到什么征兆或者涵义（一场火灾或者一次焚化的形象），只看到被神秘地唤醒的美的陶醉，那是接触了这个女子轻灵的脚步，清亮的嗓音之后被唤醒的美。

　　"我真愿意付出全部的努力来得到您。我真愿意抛弃一切，来过一种完全不同的生活，那只是为了您，也只是由于您。但是，我不能够，因为现在，我真的已经不再在这里了。我本应该昨天就离开，今天还留在这里的，只是我晚走一步的影子而已。"

　　啊，是的！他刚刚才明白，为什么命运要让他邂逅她。这一邂逅发生在他的生活之外，在他被掩盖的命运另一面的某个地方。在他个人传记的反面。但是，他是那么自由地跟她交谈着，一直到那一刻，他幡然醒悟：其实，他无论如何也不可能对她说出他想要的一切。

　　他碰了碰她的胳膊，说："斯克雷塔大夫的诊疗所就在这儿。二楼。"

　　克利玛夫人久久地瞧着他，雅库布深情地看着她的眼睛，她的目光湿润而又温柔，仿佛来自遥远的地方。他又一次碰了碰她的胳膊，转身离去。

　　过了一会儿，他又转过身子，他看见，克利玛夫人还一直留在原地，目送着他走远。他好几次转过身；她始终在目送着他。

7

二十来个焦躁不安的女人坐在候诊厅里；露辛娜和克利玛找不到座位。他们面前的墙上，贴着几幅大大的招贴画，上面的形象和口号都在劝说妇女不要堕胎。

妈妈，你为什么不要我？在一张招贴画上，用大号的字体写着这样的话，画面上有一个微笑着的孩子，正坐在床上；在孩子的下方，用粗体字印着一首诗，在诗中，胎儿央求他母亲不要去做人工流产，并允诺给她带来千万个快乐作为补偿：你死去的时候，想靠在谁的臂膀上呢，妈妈，假如你不让我活下来？

在别的招贴画上，是一些微笑着母亲的大幅照片，她们扶着童车的把手，还有一些小男孩正在撒尿的照片。（克利玛心想，一个正在撒尿的小男孩是鼓励婴儿出生的一个不可抗拒的证据。他回想起，有一天，他在一部新闻纪录片中看到一个小男孩正在撒尿，整个电影厅中立即荡漾起女人们幸福的叹息声。）

等了一分钟之后，克利玛敲响了门；一个女护士走出来，克利玛说了斯克雷塔大夫的名字。过了一会儿，大夫出现在门口，递过一张表格给克利玛，请他先填好表，然后耐心地等待。

克利玛把表格按在墙上，开始填写各个栏目：姓名、出生日期、出生地点。露辛娜在一旁告诉他。随后，当他填到父亲姓名这一栏时，他犹豫了。他看到这一羞辱之名白纸黑字地出现在眼前，他还得把自己的姓名写上去，觉得实在有些可怕。

　　露辛娜瞧着克利玛的手，注意到他在颤抖。这使她很开心："怎么了，你倒是写呀！"她催促道。

　　"应该写哪个名字呢？"克利玛嗫嚅道。

　　她觉得他胆怯，窝囊，不由得更轻视他了。他什么都怕，他怕负责任，怕在一张公文表格上签下他自己的名字。

　　"你这是怎么回事！谁是父亲，这不是明摆的吗！"她说。

　　"我觉得这写不写都没有什么太要紧的。"克利玛说。

　　她不再理他了，但在她的内心中，她已然坚信，这个窝囊的家伙对她是有罪的；她为能够惩罚他而感到愉快："假如你想撒谎，我怀疑没有人会相信你的。"等他在方格中写下自己的名字，她叹一口气，又补了一句："无论如何，我现在还不知道我会做什么……"

　　"怎么？"

　　她瞧着他惊恐万状的脸，说："在进手术室流产之前，我还会改变主意。"

271

8

她坐在一把扶手椅中，双腿搁到桌子上，匆匆地翻着一本侦探小说，那是她为消磨温泉城无聊的时光而买来阅读的。但是，她根本集中不起注意力，因为，昨天晚上的事情和言行不断在她的脑海中重现。那天晚上发生的一切，都令她兴奋无比，她尤其满意她自己的行为。她终于成了多年来一直梦寐以求的那样；她不再是男性意愿的牺牲品了，她已经成了她自己的奇遇的创造者。她已经彻底抛弃了雅库布让她扮演的天真无辜的孤儿角色，相反，她自己反倒依照她的愿望把他给改造了。

她觉得自己很优雅，很独立，很勇敢。她瞧着她的腿，紧紧地裹在一条紧窄的蓝色牛仔裤中，高高地跷在桌子上，当有人敲响房门时，她欢快地叫道："来吧，我正等着你呢！"

雅库布走了进来，一脸忧郁的神色。

"嗨！"她说，双腿一时间里依然搁在桌子上。她看出雅库布的神态有些茫然，这使她很开心。随后，她跳下脚，朝他走去，轻轻地吻了吻他的脸："你是不是还要待一会儿？"

"不，"雅库布忧伤地说，"这一次，我真的是来向你告别的。我一会儿就走。我想，我还能最后一次陪你去温泉。"

"好的，"奥尔佳开心地说，"我们一起走吧。"

9

    雅库布满脑子都是克利玛夫人的美丽形象，他必须克服某种嫌恶，才能来向奥尔佳告别，从昨天晚上以来，奥尔佳在他心灵中留下的只有难堪和污秽。但是，他会不惜一切代价在她面前毫不流露的。他命令自己行为要极有分寸，不能叫她猜到，他们的嬉戏给他带来的愉悦和快乐少到了什么地步，而要让她为他保留着最美好的回忆。他显出一副严肃的表情，以一种悲切的语调，说了一些毫无意义的话，轻轻地碰触她的手，还时不时地抚摩一下她的头发，当她盯着他瞧的时候，他竭力装作忧愁的样子。

    走在路上时，她建议再去喝一杯葡萄酒，但是雅库布打算让他们最后一次见面变得越简单越好，因为他觉得再那样拖下去实在太累。"真是太难受了，这告别。我不想延长它。"他说。

    在温泉疗养院的大门前，他握住她的双手，久久地看着她的眼睛。

    奥尔佳说："雅库布，你能来看我真是太好了。昨天，我度过了一个美好的夜晚。我很高兴你终于放弃了扮演老爸的角色，成为真正的雅库布。昨天，那真是妙极了。不是妙极了吗？"

雅库布终于明白，他实际上什么都没有明白。这个微妙的姑娘在他们昨天爱意浓浓的夜晚，是不是只看到了一种简单的乐趣？她是不是被一种脱离了任何感情的肉欲推向他的？对她来说，唯一一个爱情之夜的欢快回忆，要比永久分离的忧愁分量还更重吗？

　　他给了她一个吻。她祝他一路顺风，便消失在大门里。

10

　　他已经在联合诊所的楼前徘徊了两个多小时，开始有些不耐烦起来。他提醒自己要冷静，反复告诫自己万万不可造次，但是他感到，再过一会儿，他就将没有力量控制自己了。

　　他走进楼里。这个疗养地并不大，所有的人都认识他。他向看门人打听，有没有看到露辛娜进来。看门人点点头，说他看见她坐电梯上楼了。由于电梯只在四楼停，上二楼和三楼只能爬楼梯，弗朗齐歇克就可以把他的疑点限制在顶层的四楼，在它的两条走廊中。一条走廊尽是办公室，另一条走廊则是妇产科。他先走上第一条走廊（那里空空荡荡的），然后，进到第二条走廊，但他的感觉很不舒服，因为那里写着男士免入的告示。他发现一个有些眼熟的女护士。他上前向她打听露辛娜在哪里。她指了指走廊尽头的一道门。门开着，几个女人和几个男人正站在门口等着。弗朗齐歇克走进候诊厅，看到有另一些女人坐着，但那里既没有露辛娜，也没有小号手。

　　"您没有见到一个年轻的女子，一个金头发的？"

　　一个女士指了一下办公室的门："他们进去了。"

弗朗齐歇克抬起头，看到了招贴画：妈妈，你为什么不要我？在另一张招贴画上，他看到正在尿尿的小男孩和婴儿的照片。他开始明白这是怎么回事了。

11

在房间里，有一张长长的桌子。克利玛挨着露辛娜的身边坐下，在他们的对面，端坐着斯克雷塔大夫和两位健壮的女士。

斯克雷塔大夫抬眼瞟了一下申请人，略带厌恶地摇摇头说："看到你们的样子就令我伤心。你们可知道，在这里，我们费了多么大的劲，才让那些不幸无法怀孩子的妇女有了生育能力？而像你们这样的年轻人，年轻力壮，机能健全，却甘心情愿地打算抛弃生命赋予你们的最珍贵果实。我要特别向你们强调一点，我们的这个委员会并不是要鼓励人们堕胎，而是严格地控制它。"

两位女士嘴里咕哝了一阵，算是表示赞同，于是斯克雷塔大夫继续给两位申请人上他的道德课。克利玛的心跳得怦怦直响。他猜想大夫的话并不是讲给他听的，而是讲给那两个陪审员的，因为她们基于自己母性的肚腹，咬牙切齿地痛恨那些拒绝生育的年轻女子。然而，他担心，这一番慷慨陈词会软化露辛娜的决心。就在刚才，她不是还对他说过，她不知道她会做什么吗？

"你们为什么活着？"斯克雷塔大夫接着说，"没有孩子的生活，就像一棵没有叶子的树。假如我在这里掌权的话，我要禁止

277

堕胎。想到我们的人口在逐年下降，你们就没有一点儿忧虑吗？而这事，就发生在我国，发生在母亲和儿童比在世界上任何地方都得到更好保护的国家！在这里，在任何一个人都不用担心未来的一个国家？"

两位女士嘴里又咕哝了一阵赞词，斯克雷塔大夫继续说："这位男同志已经结婚，要替一次不负责的性关系带来的一切后果担忧。但是，您事先早就该好好想一想，同志！"

斯克雷塔大夫停顿了一下，针对克利玛说："您还没有孩子。您真的不能以这胎儿的未来的名义离婚吗？"

"这是不可能的。"克利玛说。

"我知道，"斯克雷塔大夫叹息道。"我接到了一个精神病科医生的报告，他向我强调说，克利玛夫人具有某种自杀意向。孩子的出生会使她有生命危险，会毁掉一个家庭，而露辛娜护士将成为一个单身母亲。我们应该怎么办呢？"他说着又叹息了一声，他把那张表格推到两位女士面前，她们也跟着叹息起来，在指定的格子中签上她们的姓名。

"请您下星期一上午八点来这里，来做手术。"斯克雷塔大夫对露辛娜说，他做了个手势，示意她可以离开了。

"但是，请您留一下！"胖女人中的一个对克利玛说。露辛娜出门后，那女人接着说："中止妊娠并不像你们想象的那样是一个毫无危害的手术。它会伴随大量的出血。由于您的不负责任，您将使露辛娜同志流失她的鲜血，所以，您只有用您自己的血偿还她才公平。"她把一张表格推到克利玛跟前，对他说："请在这里签字。"

克利玛万分困惑，乖乖地签了字。

"这是一张加入无偿献血者协会的登记表。请从这边走，护士将立即为您抽血。"

12

露辛娜低着脑袋穿过候诊厅，只是在走廊中听到弗朗齐歇克喊她时，才抬头看到了他。

"你从哪里来？"

她害怕他愤怒的语气，于是加紧了脚步。

"我在问你从哪里来。"

"这跟你没有关系。"

"我知道你是从哪里来的。"

"那你就不要再问我了。"

他们走下楼梯，露辛娜大步迈着楼梯，想摆脱弗朗齐歇克，摆脱他的谈话。

"那是堕胎事务委员会。"弗朗齐歇克说。

露辛娜一声不吭。他们走出了大楼。

"那是堕胎事务委员会。我知道。你是想去堕胎。"

"我想做什么就做什么。"

"你不能想做什么就做什么。这跟我也有关系。"

露辛娜加快了脚步，她几乎是在跑。弗朗齐歇克跟在她身后跑。当他们来到浴疗中心的门口时，她说："我禁止你跟着我。现在，我要去工作了。你没有权利在我工作时妨碍我。"

弗朗齐歇克十分激动："我禁止你对我发号施令！"

"你没有权利！"

"你才没有权利呢！"

露辛娜冲进楼里，弗朗齐歇克跟在后面。

13

　　雅库布心中甚是欣慰，一切全都结束了，只剩下一件事情要做：向斯克雷塔告别。从温泉中心，他沿着公园慢慢地走着，去往卡尔·马克思公寓。

　　远远的，沿着公园内的大道，迎面朝他走来一个女教师，身后还跟着二十来个幼儿园小孩子。女教师手里牵着一根长长的红绳子的一端，每个孩子都拉住这根绳子，排队跟着她走。孩子们走得很慢，女教师一边为他们指着各种乔木和灌木，一边说着它们的名称。雅库布停下脚步，因为他对植物学至今还是一窍不通，他总是很容易忘记，一棵槭树叫做一棵槭树，一棵千金榆叫做一棵千金榆。

　　女教师指着一棵叶子发黄、枝杈蓬乱的树说："这是一棵椴树。"

　　雅库布瞧着孩子们。他们都穿着一件小小的外套，戴着一顶红色的贝雷帽。简直可以说他们都是小兄弟。他迎面瞧着他们，发现他们都有些相像，不是因为他们的服装，而是由于他们的长相。他注意到，其中有七个孩子长着一个明显高突的鼻子和一张大嘴。他们很像斯克雷塔大夫。

他回想起森林旅店的那个高鼻子男孩。大夫的优生学美梦难道不仅只是一个梦幻？难道说，在这个地方，伟大的斯克雷塔真的已经有孩子诞生了？

雅库布觉得这个想法很可笑。所有这些小家伙都很相像，是因为全世界的所有孩子都很相像。

然而，他毕竟无法不让自己想到：假如斯克雷塔大夫真的实践了他离奇的计划呢？为什么怪异的计划就不能付诸实践呢？

"这个呢，这是什么树呢，我的孩子们？"

"这是一棵白桦树！"一个小斯克雷塔回答道；是的，那活脱脱就是一张斯克雷塔的脸；他不仅有一个高鼻子，而且他还戴着小小的眼镜，他说话时鼻音很重，而正是这一特点，使斯克雷塔大夫的话语带有一种那么动人的喜剧性。

"很好，奥尔德里奇！"女教师说。

雅库布心想：十年后，二十年后，在这个国家里将有千百个斯克雷塔。他的心中再次升腾起奇特的感觉，他在这个国家中生活，却不知道这里发生了什么。似乎可以说，他一向生活在行动的中心。他经历了当今时事的最细微事件。他参与了政治，他差点儿为此而丢掉性命，即便在他受到排斥的时候，政治依然一直是他最关心的事。他以为自己永远在聆听着那颗心在祖国的胸膛中跳动。但是，谁知道他是不是真的聆听到了呢？真的是一颗心吗？难道它不就只是一只破闹钟吗？一只总是走不准的报废了的破闹钟吗？他的一切政治斗争不就仅仅是引诱他迷路的一簇簇鬼火，而不是别的吗？

女教师带着孩子们走在公园的大道上，而雅库布觉得心中总是浮动着那个美丽女人的形象，对那个美人的回忆，不断地把一个问题带进他的脑子：他是不是一直生活在一个跟他相像的完全不同的世界中呢？他是不是把任何的事物全都看颠倒了呢？美是不是意味着比真更多的东西？那一天，是不是真的是一个天使给伯特莱夫带来了大丽花？

他听到女教师在问："这个呢，这是什么树呢？"

戴眼镜的小斯克雷塔回答说："这是一棵槭树。"

14

露辛娜三步并作两步登上楼梯，竭力不回头瞧。她砰地踢开科室的门，马上钻进了更衣室。她贴身直接穿上女护士的白大褂，深深地吐出一声轻松的叹息。跟弗朗齐歇克的那一幕搞得她心慌意乱，但同时也让她奇怪地镇静下来。她感到他们俩，弗朗齐歇克和克利玛，现在对她都是那么的陌生和遥远。

她从更衣间出来，走进了大厅，一些女人洗浴之后躺在那里的床上。

四十来岁的那个护士坐在门旁一张小桌子前。"这么说，你获得批准了？"她冷冷地问道。

"是的。谢谢你为我替班。"露辛娜说。她亲自给一个新来的女病人递过去一把钥匙和一条大被单。

女同事刚一离开，大门就又打开了，弗朗齐歇克的脑袋探了进来。

"不对，这事不只是跟你有关。这关系到我们两个人。这事情，我也有话要说！"

"我请你马上离开！"她反击道，"这里是女子部，没有男人们的什么事！你马上滚开，不然，我叫人把你带走！"

弗朗齐歇克顿时脸色大变，露辛娜的威胁词语令他愤怒得满脸通红，他气得反而走进了大厅，把大门摔得咣啷直响。"就算你叫人把我带走，我也根本不在乎，一点儿都不在乎！"他嚷道。

"我对你说了，马上滚开！"露辛娜说。

"我可算把你们看透了，你们俩！那个可恶的家伙！那个吹小号的！所有这一切，全都是说瞎话，走门路！他跟那个大夫，早把一切都替你准备好了，那不是，他昨天就跟大夫一起开了一场音乐会！但是，我，这里的门道我看得清清楚楚，我决不让人杀死我的孩子！我是孩子的父亲，我有话要说！我禁止你杀死我的孩子！"

弗朗齐歇克大叫大嚷，那些躺在床上、裹在被单中的女人，好奇地抬起了脑袋。

这一次，露辛娜也被彻底震惊了，因为弗朗齐歇克大叫大嚷，而她却不知道该怎么来平息这场争吵。

"那不是你的孩子，"她说，"那是你瞎编的。孩子不是你的。"

"什么？"弗朗齐歇克又嚷起来，他朝大厅内部又逼近了一步，想绕过桌子，凑近露辛娜，"怎么！那不是我的孩子！我当然很清楚这一点啦！我完全知道,我！"

这时候，一个光着身子、浑身湿漉漉的女人刚从浴池中出来，朝露辛娜走来，想让她为她裹上被单，带到一张床上去。她突然发现，离她几米远的地方站着弗朗齐歇克，冲着她却视而不见，她不禁吓了一大跳。

对露辛娜来说，这是个暂缓的时刻；她走近那女人，为她裹上被单，领她走向一张床。

"这家伙在这里干什么？"女士一边问，一边回过头来看弗朗齐歇克。

"他是个疯子！这家伙头脑发昏了，我不知道怎样才能让他从这里出去。这家伙，我简直不知道该拿他怎么办了！"露辛娜一边说，一边把那女士紧紧地包裹在一条热乎乎的毯子中。

一个躺着的女人冲弗朗齐歇克喊道："嗨，先生！您没事就别待在这里了！快走开！"

"我告诉您吧，我就是有事，就要待在这里！"弗朗齐歇克固执地反驳道，一步都不退。当露辛娜回到他旁边时，他的脸不再涨红，而是变得苍白；他不再叫嚷，而是轻声地但又语调坚定地说："我有一件事要对你说。假如你想摆脱掉这个孩子，我也不打算活了。假如你杀死这孩子，那么，你的良心上就欠下了两条人命。"

露辛娜迸出了一声深深的叹息，瞅着她的桌子。上面放着她的手包，里面有一瓶浅蓝色的药片。她倒出一粒药到手心中，一扬头吞了下去。

弗朗齐歇克不再喊叫，但用恳请的口吻说："我求求你，露辛娜。我求求你。没有了你，我就无法活下去。我只有自杀一条路了。"

　　就在这时候，露辛娜感到腹中一阵剧烈的疼痛，弗朗齐歇克看到，她的脸因痛苦而抽搐，已经变了样，都快认不出来了，她的眼睛圆睁着，但没有目光射出，她的身体扭曲着，弯成两截，双手紧紧捂住了肚子。然后，他看到她瘫倒在地上。

15

奥尔佳在浴池中涉水，突然，她听到……她究竟听到了什么？她不知道她听到的是什么。大厅中一片混乱。她身边的女人们都冲出浴池，到隔壁去看热闹，那里发生的事情似乎把一切都席卷过去。奥尔佳也被卷入到这一不可抗拒的旋涡中，不假思索地跟随着其他人跑去，不知怎么的，她有一种好奇的焦虑感。

在隔壁大厅里，她看到一堆女人围在门旁。她只看到她们的背：她们全都赤裸着湿漉漉的身子，翘着屁股，俯身瞧着地上。一个年轻的男人被围在她们中间。

另外一些赤裸的女人也跑过来，挤到人堆中，奥尔佳也在混乱中挤出一条路，看到女护士露辛娜躺在地上，一动也不动。年轻男子跪在地上，开始叫嚷："是我杀死了你！是我杀死了你。我是杀人犯！"

女人们浑身淌着水。其中一个摸了摸露辛娜大摊着的身体，想看看她还有没有脉搏。但是，已经没用了，死神早就来临，对任何人都不会有误。女人们赤裸裸、湿漉漉的身体不耐烦地推推搡搡，想亲眼看一看死神，看看它是怎样来到了一张熟悉的脸上。

289

弗朗齐歇克始终跪在地上。他把露辛娜紧紧地抱在怀中，亲着她的脸颊。

女人们围在他的四周，弗朗齐歇克抬起眼睛看了看她们，又哭叫起来："是我杀死了她！是我呀！快把我抓起来吧！"

"都别傻看着了，赶紧做点儿什么吧！"一个女人说，另一个连忙跑到走廊里，开始呼救，过了一会儿，露辛娜的两位同事赶来，后面还跟着一个穿白大褂的医生。

这时候，只有奥尔佳发现自己还光着身子，发现自己当着一个不认识的年轻男人，还有一个男医生的面，在别的裸体女人中间瞎挤着，她突然觉得这一情景十分可笑。但是，她知道，这不会妨碍她乱推乱挤地来这里凑热闹，看一看刺激人的死神临门。

医生摸着躺地的露辛娜的手，早就找不到脉搏了，弗朗齐歇克还在不停地反复叫嚷："是我杀了她！快叫警察来！把我抓起来吧！"

16

　　雅库布找到他的朋友，当时，他刚从联合诊所回到了自己的诊室。他为他昨天晚上精彩的打击乐表演向他祝贺，并为音乐会之后自己没能等着他而道歉。

　　"这让我挺生气的，"大夫说。"这可是你在这里度过的最后一天，鬼才知道晚上你究竟跑到哪里去了。我们有那么多问题要讨论呢。而最糟糕的是，你肯定跟那个瘦骨嶙峋的小姑娘混在一起。我可要说了，感激是一种邪恶的感情。"

　　"什么感激？我应该感激她什么？"

　　"你给我写信说过，他的父亲为你做了很多事。"

　　这一天，斯克雷塔大夫没有门诊，妇科检查台在房间尽头空着。两位朋友很舒坦地面对面坐在扶手椅中。

　　"哦，不，"雅库布说。"我只是想让你关心她一下，我对你说我欠她父亲一笔感情债，这样在我看来更简单一些。但在实际上，根本不是这么回事。现在，既然我要跟一切告别，我就对你实说了吧。我的被捕入狱，是她的父亲批准的。是她的父亲把我打发去见死神。六个月之后，他自己站到绞刑台上，而我呢，我则幸

291

运地走出监牢。"

"换句话说，这是一个混蛋的女儿。"大夫说。

雅库布说："他曾认为我是一个革命的敌人。所有人都这样向他反复说，他自己就相信了。"

"你为什么要对我说他是你的朋友呢？"

"我们曾经是朋友。问题只是，对他来说，赞成批准我入狱更为重要一些。从这一点显示出，他把理想摆得高于友谊。当他指责我为革命的叛徒时，他恰恰觉得，他为了某种高尚的事业，牺牲自己的个人利益，他把这件事当作他一生中的一次壮举。"

"难道因为这一理由，你就得喜爱那个丑陋的姑娘吗？"

"她跟这一切没有任何关系。她是无辜的。"

"像她这样的无辜者，有成千上万呢。你在众多人当中选上她，无疑是因为，她是她父亲的女儿。"

雅库布又耸了耸肩，斯克雷塔大夫继续道："你跟他一样反常。我相信你也一样，你把你对这个姑娘的友谊当成你一生中的一次壮举。你在你自己的心中窒息了自然的仇恨，压制了自然的憎恶，为的是证明你的慷慨大方。这很美，但在同时，这是违背自然的，是彻底无用的。"

"这么说不对，"雅库布反驳道，"我不想窒息自己心中的任何东西，我从来不寻求表现出我的慷慨。我只不过是怜悯她。从我看到她的第一眼起，我就在怜悯她。当人们把她赶出她的家门时，

292

她才是一个小姑娘。她跟她母亲一起住在一个小山村里，人们都不敢跟她们说话。很长时期中，她一直没有资格上学，尽管她是一个很聪明的女孩。因父母的关系而迫害孩子，实在是卑鄙无耻。你恐怕不会让我，让我也因为她父亲的缘故去仇视她吧？我怜悯她。我怜悯她，因为她的父亲被处死了，我怜悯她，因为她父亲把一个朋友打发去见死神。"

这时，电话铃响了。斯克雷塔拿起听筒，听了一会儿。他的脸色阴沉下来，说道："我现在还有些工作。真的需要我来一趟吗？"然后，是一阵子的沉默，斯克雷塔又说："好的。很好。我就来。"他挂上电话，骂了一句。

"既然你有事，你就别再管我了，反正，我也该离开了。"雅库布说着，从扶手椅中站起来。

"不，你不要走！我们还什么都没有讨论呢。我们今天本该讨论些什么的，不是吗？他们打断了我的思路。关系到一件很重要的事。从今早起，我还一直想着来的。你还记得是什么事吗？"

"不知道。"雅库布说。

"我的上帝，瞧你这记性，现在，我该去浴池那边了……"

"我们最好就这样告别吧。在一番谈话的中央。"雅库布说，他握住了他朋友的手。

17

露辛娜毫无生气的躯体安放在一个小房间里，通常那是医生值夜班的地方。好几个人在屋里走来走去，刑警队的探长已经到了，他刚刚审问完了弗朗齐歇克，正在记录他的供述。弗朗齐歇克再一次表达了他的愿望，让他们把他抓起来。

"是您把这药片给她的，是不是？"探长问。

"不是！"

"那么，就不要说是您杀死了她。"

"她总是对我说她会自杀的。"弗朗齐歇克说。

"她为什么对您说她会自杀的？"

"她说，假如我继续打扰她的生活，她就去自杀。她说她不想要孩子。她说她宁可去自杀，也不想要一个孩子！"

斯克雷塔大夫走进房间。他向探长友好地打过招呼，凑近死者；他翻起她的眼皮，检查结膜的色彩。

"大夫，您是这个护士的上级吧。"探长说。

"是的。"

"您认为她有没有可能服用了一粒通常在您的科室中能弄到的

294

毒药？"

斯克雷塔再一次转向露辛娜的尸体，问了一下她死亡时的一些细节。然后，他说："听起来，那不太像是在我们科室中能得到的药品，或者别的什么制剂。那无疑是一种生物碱。到底是哪一种，只有看尸体解剖了。"

"但是，她怎么可能得到它的呢？"

"生物碱是来源于植物的毒药。至于她怎么得到的，我就很难对您说了。"

"眼下，所有这一切还都是个谜，"探长说，"甚至动机也一样是个谜。这个年轻人前来向我证实，她已经怀上他的孩子，打算去堕胎。"

"是那个家伙迫使她这样的。"弗朗齐歇克又嚷嚷起来。

"是谁？"探长问。

"小号手。他想从我这里夺走她，强迫她打掉我的孩子！我跟踪他们来的！他跟她一起去了堕胎事务委员会。"

"这一点我可以证实，"斯克雷塔大夫说，"今天早上，我们确实审查了这个女护士的一份堕胎请求。"

"那个小号手是不是跟她在一起？"探长问。

"是的，"斯克雷塔说，"露辛娜声称他是孩子的父亲。"

"那是在撒谎！孩子是我的！"弗朗齐歇克叫嚷道。

"没有人怀疑这点，"斯克雷塔大夫说，"但是，露辛娜必须指称一个已婚男人为孩子的父亲，好让委员会批准她的流产申请。"

"这么说，您知道这是在撒谎啰？"弗朗齐歇克向斯克雷塔大夫嚷道。

"根据法律，我们应该相信妇女的声明。既然露辛娜对我们说了，她是跟克利玛先生怀的孕，而后者也认可了她的指称，我们就没有任何权力怀疑这一点。"

"但是，您并不相信克利玛先生就是孩子的父亲吧？"探长问。

"不相信。"

"您的观点有何根据呢？"

"克利玛先生一共来过温泉城两次，每一次的时间都很短。在他和我们的女护士之间，不太可能发生一次性关系。这个温泉疗养地是个很小的城镇，城里发生的事很少有我不知道的。从种种可能性来看，克利玛先生的父亲身份是一种掩饰，露辛娜说服克利玛以此来帮她一个忙，使得委员会能批准她的流产请求。事实上，这位先生肯定也不会同意一次堕胎的。"

但是，弗朗齐歇克再也听不进斯克雷塔的话了。他怔怔地呆在那里，两眼发直。他的耳边只回响着露辛娜的话：你会引我去自杀，你一定会引我去自杀，他知道自己是她死亡的原因，然而，他怎么也不明白这是为什么，在他眼中，一切全都无法解释。他站在那里，就像一个野蛮人看到了一个奇迹，他站在那里，就像面对着虚幻，他突然变得耳聋眼瞎，因为他的理智无法设想落到

296

他身上的神奇事。

（我可怜的弗朗齐歇克，你白白活到今天，你什么什么都没有明白，你只知道你的爱杀死了你所爱的女人，你确信这一点，你将把它当作恐怖的秘密符号。你将像一个麻风病人四处游荡，为所爱的生命带去无法解释的灾难。你将作为传播不幸的使者一辈子游荡不已。）

他脸色苍白，他纹丝不动，像一尊盐雕那样，他甚至没有看到，另一个男人同样惊慌失措地走进房间；新来者凑近死者，久久地望着她，抚摩着她的头发。

斯克雷塔大夫悄声对他说："自杀。服毒。"

新来者猛然摇了摇脑袋："自杀？我可以用我的脑袋向你们打赌，这个女人是不会剥夺自己生命的。如果她吞下了毒药，那也许只是有人谋害。"

探长惊奇地看着新来者。他是伯特莱夫，他的眼睛里闪耀着一团愤怒的火焰。

18

　　雅库布转动钥匙打火，汽车启动了。他驶过了疗养地最后几幢别墅，进入一片宽阔的田野中。他知道，他要行驶大约四个小时，才能到边境，他并不着急。一想到自己是最后一次走这条路，路边的风景就在他的心中变得珍贵和异常。他仿佛时时都觉得，他不熟悉它，它跟他想象的不一样，他很遗憾自己没能在这里多待些时候。

　　但是，他又立即对自己说，如果他再拖延下去，无论是晚走一天，还是晚走几年，都改变不了现在让他痛苦这一事实；任何时候，他都不会像今天这样深切地见识这片风景。他应该平静地接受这一事实：他将离开这片风景，而他还不熟悉它，还没有尽情地欣赏它的魅力，他将离开它，既作为一个债权人，又作为一个债务人。

　　随后，他又想到那个年轻女子，他把那虚构的毒药给了她，让那片药滑入到那个药瓶中，他对自己说，他的杀手生涯是他所有各种生涯中最短暂的。我当了十八个小时的杀人犯，他想到这里，不禁微微一笑。

但是很快地，他又反驳起自己来。不对，他不是一个在这么短时间里的杀人犯。他是杀人犯，到死为止都是杀人犯。因为，无论浅蓝色药片是不是毒药，那都不重要，重要的是，他相信它是毒药，而且，尽管他知道它是毒药，还是把它给了陌生女人，而且他什么都没有做，根本没想去救她。

他开始思考起这一切来，带着一种安然自若的心情，相信他的行为位于一个纯粹实验的范畴中：

他的谋害很离奇；这是一种毫无动机的谋害。他从谋杀中也得不到任何好处。那么，此中的意义究竟何在？他的谋害的唯一意义，显然就是让他得知，他是一个谋杀者。

谋杀作为一种实验，一种自我认识的行动，这使他想起了什么；对了，想起了拉斯科尔尼科夫[①]。拉斯科尔尼科夫杀了人，为的是要知道，人到底有没有权力杀死一个低等的人，他是不是有力量承受得起这一谋杀；通过这一谋杀，他在诘问自己。

是的，在他和拉斯科尔尼科夫之间，确实有什么相似的地方：谋杀的无利可图，以及它的理论特性。但是，这里也有不同的地方：拉斯科尔尼科夫问自己，有才华的人是不是有权为了自身利益而牺牲一个下等的生命。当雅库布把装着毒药的药瓶给女护士时，他的脑子并没有任何类似的想法。雅库布并没有问自己，人

---

① Raskolnikov，陀思妥耶夫斯基小说《罪与罚》中的主人公，他杀死了放高利贷的老太婆。

是不是有权力牺牲他人的生命。相反，长期以来，雅库布都坚信，人没有这一权力。雅库布所担心的，恰恰是第一个来者就窃取这一权力。雅库布生活在这样一个世界里，人们为了一些抽象概念而不惜牺牲他人的生命。雅库布非常熟悉那些人的嘴脸，那些嘴脸，一会儿天真得蛮横无理，一会儿软弱得令人忧郁，那些嘴脸，一边对同伴嘟囔着致歉，一边却精心地执行着他们明知残酷无情的判决。雅库布非常熟悉那些嘴脸，他憎恶它们。此外，雅库布还知道，任何人实际上都希望另一个人去死，但是有两件事使他们远离谋杀：一是害怕被惩罚，二是致人于死时体力上的困难。雅库布知道，假如任何人都有可能偷偷地、远距离地杀人，那么人类在几分钟内就将灭绝。由此，他得出结论，拉斯科尔尼科夫的实验完全是多此一举。

但是，他为什么把毒药给了女护士了呢？这难道只是一种偶然吗？拉斯科尔尼科夫确实作了长时间谋划，精心准备了他的谋杀，而雅库布的行为只是被一时的冲动所驱使。但是，雅库布知道，在漫长的岁月中，他也在无意识地准备他的谋杀，而他把毒药给露辛娜的那一秒钟，就如脚下开了一条裂缝，他全部的往昔，他对人的全部厌恶，都像一根撬杠一样陷了进去。

当拉斯科尔尼科夫用斧头砍死放高利贷的老太婆后，他清楚地知道，他越过了一道可怕的坎；他违背了神圣的法则；他知道老妇人尽管没什么价值，毕竟还是上帝的一个造物。拉斯科尔尼科夫感到的这一恐惧，雅库布却不清楚。对他来说，人类并不是神圣的造物。雅库布喜爱优美和崇高的心灵，但是他相信，人类的优点绝不在此。雅库布很了解人们，因此，他不爱他们。雅库布具有崇高的心灵，因此，他把毒药给他们。

如此说，我是一个心灵崇高的杀人犯，他自忖，他觉得这个想法滑稽可笑，同时又令人沮丧。

拉斯科尔尼科夫在杀死了放高利贷的老太婆之后，没有力量控制住内心中悔恨的猛烈风暴。而雅库布呢，因为他深深地相信，人没有权力牺牲他人的生命，所以他并不感到悔恨。

他试图想象女护士真的已经死了，想看看自己是不是会感到一种犯罪感。不，他根本没有感到类似的心情。他平心静气地驾着车，穿越一片祥和的乡野，它仿佛含着微笑跟他告别。

拉斯科尔尼科夫像经历一场悲剧似的经历了他的罪孽，他最终被自己行为的重负压垮。而雅库布惊讶自己的行为竟然那么轻，几乎没有什么分量，根本不能压倒他。他不禁诘问自己，在这种轻之中，是不是有跟那个俄国主人公的歇斯底里情感同样可怖的东西。

他缓缓地行驶着，中止了思索，转而欣赏窗外的景色。他对自己说，药片的全部故事只是一场游戏，一场没有结果的游戏，就像他在这个国家中的全部生活，他没有在此留下任何痕迹，任何根系，任何垄沟，现在，他就要离开它了，就像一阵风儿刮过，一个气泡飞过。

19

　　抽走了四分之一升鲜血后，克利玛在候诊厅中好不耐烦地等着斯克雷塔大夫。他不想就这么离开温泉疗养地，说什么也得跟他道一个别，也得跟露辛娜再见个面。在进手术室流产之前，我还会改变主意。女护士的这句话好像还在他的耳边回荡，使他心惊肉跳。他疑心，等他离开后，露辛娜就会摆脱他的影响，在最后的一刻回心转意。

　　斯克雷塔大夫终于露面了。克利玛迅速迎上去，向他道别，并感谢他表演了漂亮的打击乐。

　　"那真是一场精彩的音乐会，"大夫说，"您演奏得棒极了。但愿我们以后还能合作一把！我们应该考虑考虑，今后在别的温泉城组织一些类似的音乐会。"

　　"好的好的，我很愿意参加，我很高兴能跟您一起演奏！"小号手迫不及待地说着。他又补充了一句："我还想请您帮一个忙。您是不是能够照顾一下露辛娜。我担心她还会犯倔脾气。女人们实在是反复无常。"

　　"她将不会再犯倔脾气了，现在，您就彻底放心吧，"斯克雷

302

塔大夫说，"露辛娜已经死了。"

克利玛一时间里根本没有听明白，于是，斯克雷塔大夫向他解释了一下刚发生的事。然后他说："是自杀，但是，这件事情中仍然有些疑团。有些人会觉得很奇怪，在她跟您一起到我们委员会来过之后一小时，她怎么就匆匆地结束了自己的生命呢？不，不，不，什么都不用怕，"他补充道，他握住了小号手的手，因为他看到他脸色苍白，"对您来说，事情很幸运，露辛娜有一个当电器维修工的男朋友，那个小伙子坚信，她肚子里的孩子是他的。我已经宣告，在您跟女护士之间，什么事情都没有过，她之所以执意让您来当孩子的父亲，只是因为，如果孩子的父母双方都是单身未婚的话，委员会就不会批准堕胎。现在，万一有人要讯问您，千万不要咬出别的人来。我看您神经很紧张，从脸上就能看出来，真是遗憾。您应该振作起来，因为我们还有许多音乐会要办呢。"

克利玛都说不出话来了。他连连地朝斯克雷塔大夫鞠躬，连连地去握他的手。卡米拉在里奇蒙大厦的房间里等他回转。克利玛一言不发地过去把她搂在怀中，亲吻着她的脸颊。他吻着她脸上的每一处，然后，他跪下来，从上到下地吻着她的裙子，一直吻到膝盖。

"你怎么了？"

"没怎么。我真高兴有你跟我在一起。我真高兴你能在这个世

303

界上。"

他们整理好行李，上了汽车。克利玛说他很疲劳，请她来开车。

他们默默地驱车前行。克利玛确实是累垮了，却又感到一种极大的轻松。他还有一点点担心，怕有人来讯问他。那时，卡米拉恐怕就会听到什么风声。但是，他对自己重复着斯克雷塔大夫说过的话。假如有人来问他，他就扮演无辜者的角色（在这个国家，这样的角色相当平凡），做一回风度潇洒的绅士，承认自己是为了帮助女护士，才冒充成胎儿的父亲。没有人能拿他怎么样，甚至卡米拉，就算她偶然得知了真相的话。

他瞧了瞧她。她的美像一种味道浓郁的香水，充盈在汽车的狭窄空间中。他对自己说，在他的有生之年，他只愿意呼吸这种香水味。然后，他觉得远远地听到了他的小号那柔美的音乐声，他允诺，在他的有生之年，他将只为这个女人的唯一愿望演奏这一音乐，为这个唯一的和最亲爱的女人。

20

　　她每一次坐到方向盘前，就觉得自己更为有力，更为独立。但是这一回，不仅仅是方向盘给了她自信。使她充满自信的，还有在里奇蒙大厦的走廊中遇到的那个陌生人的话。她无法忘记那些话。而且，她还忘不了他的脸，比她丈夫那张光滑的脸更有男人味。卡米拉想象着，她实际上还从来没有认识过一位真正称得上男人的人。

　　她偷偷地瞥了一眼小号手疲倦的脸容，那张脸上时时都露着一种高深莫测的、怡然自得的微笑，他的手正关爱地抚摩着她的肩膀。

　　这种过分的抚摩并不使她愉悦，也不使她激动。从这一令人费解的动作中，她只能再一次肯定，小号手有什么秘密瞒着她，他有什么事情要掩盖，不让她窥视。但是现在，这种怀疑并不让她觉得痛苦，她对此漠然无视。

　　那个男人说了些什么？说他要永远离开。一种温柔缠绵的怀恋之情揪住了她的心。不仅仅怀恋这个男子，还怀恋失去的机会。不仅仅是这一次机会，而且还有类似的机会。她怀恋所有那些被她错过、被她忽视、从她面前溜走的机会，甚至包括那些她从未有过的机会。

这个男子对她说，他那一辈子都白活了，像瞎子一样盲目，他甚至都没有注意到美的存在。她理解他。因为对她来说，事情也是同样。她也一样，她也盲目地生活着。她只看到唯一的一个人，一个被嫉妒的强烈光柱照亮的人。假如这道光柱突然熄灭，会发生什么事呢？在白日的混沌光线中，会出现成千上万的其他人，而她迄今为止认为是世上唯一存在者的那人，将成为他们中的一员。

她把着方向盘，感到自己美貌动人，因而自信倍增，她还对自己说：把她跟克利玛拴在一起的究竟是爱情，还是害怕失掉他的那种担心？如果说，这一害怕在一开始是爱情的忧虑形式的话，那么，随着时间的推移，爱情（疲劳的、枯竭的爱情）是不是就从这一形式中摆脱了出来？到最后，是不是就只剩下那种害怕，没有了爱情的害怕？而假如连这一害怕都消失了的话，她还剩下什么呢？

小号手，在她的身边，竟然神秘莫测地微笑起来。

她转身朝向他，心里说，假如她不再嫉妒的话，那可就什么都剩不下了。她急速地行驶着，她想象，前方某处，在生命的道路上，已经划出了一条线，它意味着跟小号手分手。生平第一次，这种想法既没有引起她的焦虑，也没有使她害怕。

21

奥尔佳走进伯特莱夫的套间，开口就连连道歉：

"请原谅我没打招呼就贸然地闯进来。但是，我实在是太紧张了，简直没法子一个人待着。说真的，我不打扰您吗？"

待在房间里的，有伯特莱夫、斯克雷塔大夫和探长；是后者回答了奥尔佳的话："您不会打扰我们的。我们的谈话不涉及任何的公务。"

"探长先生是我的一个老朋友。"大夫对奥尔佳解释说。

"您能不能告诉我，她为什么要那样做？"奥尔佳问。

"她跟她的男朋友吵了一架，就在争吵的当儿，她在手包中找出什么东西来，服下了一片毒药，我们就知道这些，再详细的情况也不清楚，我担心我们恐怕就到此为止了。"

"探长先生，"伯特莱夫执意问道，"我请您注意我刚才对您陈述的那些内容。就在此地，就在这间房子里，我跟露辛娜一起度过了她生命中的最后一夜。对这基本的一点，我也许还强调得不够。这是一个美妙的夜晚，露辛娜感到无比幸福。这个谨慎的姑娘只需要抛弃她那被冷漠和敌视的环境所囚禁的枷锁，就可以成为一个充满着爱、充满着温柔、心灵崇高、光彩夺目的生命体，成为一个您无法猜想的造物。我向您肯定地说，在我们的昨夜中，我为她打开了另一种生命的一道道大门，恰恰正是在昨天，她开始有了生存的欲望。但是，随后，有人从半路中杀出……"伯特莱夫说着，突然有些想入非非，然后，他低声补充道："我预感到一种地狱般的力量在干预。"

"我们刑警可管不了地狱般的力量的干预。"探长说。

伯特莱夫并不在乎这句讽刺话："自杀的假想实在是没有任何根据的。"他接着说，"请明白这一点，我求求您了！正在她渴望开始一种新生活的时候，她是根本不可能自杀的！我再次向您重复一遍，我不允许人们指控她自杀身亡。"

"亲爱的先生，"探长说，"没有人指控她自杀身亡，再说，自杀也不是什么罪过。自杀并不是一件涉及法律公正的事情。那不是我们管的事。"

"是的，"伯特莱夫说，"对您来说，自杀并不是一个错误，因为对您来说，生命并没有价值，但是我，探长先生，我不知道还有比它更大的罪孽。自杀比谋杀还更坏。人们可能出于复仇或者贪财而杀人，但是，即便是贪财，也表达了一种对生命的反常的爱。可是自杀呢，那是把生命抛弃到上帝的脚下，那是对生命的一种嘲弄。自杀，就是朝造物主脸上吐唾沫。我对您说，我将竭尽全力向您证明，这个年轻女子是无辜的。既然您认定她是自己结束了自己的生命，那么请给我解释一下，这是为什么？她出于什么动机呢？"

"自杀的动机，通常总是神秘莫测的，"探长说，"此外，探究那些动机也不是我的事。请不要怪我局限于我的职责范围。我的权限已经够多的了，我几乎没有时间来应付。这案子尽管还没有归档，但我可以先告诉您，我已经排除了他杀的假设。"

"我很惊讶，"伯特莱夫以一种极其尖刻的语气说，"我很惊讶，你们竟那么迅速就了结了人命关天的一件大事。"

奥尔佳发现，探长的脸涨得血红。但他还是控制住自己，一阵沉默之后，以一种几乎过于和蔼的口吻说："很好，我接受您的假设，就是说，发生了一桩谋杀案。让我们来想一想，它可能是怎样发生的。我们在死者的手包中找到一瓶镇静剂。我们可以假设，女护士想服一片药，让自己镇静一下，但是事先有人在她的药瓶中放了另外一片药，那片毒药的外表跟药瓶中原先的药片一模一样。"

"您认为，露辛娜是从她那瓶镇静剂中服了一片毒药？"斯克雷塔大夫问。

"当然是这样，露辛娜可能服了一片毒药，它放在她手包中某个特定的地方，但在药瓶之外。在自杀的案例中，情况大致如此。但是，假如人们维持谋杀的假设，就必须承认，有人把毒药放进了那瓶镇静剂中，而且那毒药跟露辛娜的镇静剂相像得足以使人混淆两者。这是唯一的可能性。"

"请恕我不能同意，"斯克雷塔大夫说，"但是，我们要知道，要把一种生物碱制造成一粒外表正常的药片，是一件很不容易的事情。为此，凶手必须能有机会进入药剂实验室，在这个小城里，任何人都做不到这一点。"

　　"您是说，一个普通人是绝不可能弄到这样的一片药的？"

　　"不是绝不可能的，却是极端困难的。"

　　"我只需要知道有这种可能性就可以了，"探长说，他又接着说下去，"我们现在就该来问一问，谁有杀死这个女人的动机。首先，她并不富裕，这样就可以排除谋财害命。另外，我们也可以剔除政治谋杀或间谍谋杀方面的原因。于是，就只剩下个人方面的原因了。那么，谁可能是嫌疑人呢？首先，露辛娜的情人，恰恰就在她死亡之前，他跟她发生了一场激烈的争吵。您认为是他把毒药给的她吗？"

　　没有人回答探长的问题，于是，探长接着说："我不这么想。那个年轻人很在乎露辛娜的。他想娶她为妻。她怀上他的孩子，当然这孩子也有可能是她跟另一人怀上的，但重要的是，这个小伙子坚信她怀上的是他的孩子。当他得知她打算去堕胎时，他便感到绝望了。但是，我们必须明白，有一点非常重要，露辛娜是从堕胎事务委员会回来，而绝不是做完了人工流产手术回来！对于我们这位绝望的小伙子，一切还都没有结束。胎儿还平安无事，小伙子依然准备竭尽全力来保住他。要设想他这时候会把毒药给她，那是很荒诞的，因为，他所希望的不是别的，只是跟她一起生活，跟她有一个孩子。此外，大夫已经向我们解释了，不是随随便便哪个人都能得到外表恰似普通药片的毒药的。这个没什么社会关系的毛头小伙子，他从哪里去弄这样的毒药呢？您能给我解释一下吗？"

伯特莱夫在探长的连连发问之下，耸了耸肩。

"那么，我们转而讨论其他的嫌疑人。还有首都来的小号手。他是在这里认识死者的，而我们并不知道，他们之间的关系发展到了什么地步。无论如何，他们之间已经相当亲密，因为死者毫不犹豫地请他来充当腹中胎儿的父亲，还请他陪她去堕胎事务委员会听证。但是，为什么求了他，而不是求当地的什么人呢？这倒也不难猜测。居住在这小小温泉城的任何已婚男子都会担心，如若此事张扬起来，会引来他们夫妻间的麻烦。只有某个不住在此地的人，才能帮露辛娜这样一个忙。此外，她怀上了一个著名艺术家的孩子这一消息，只会让女护士洋洋得意，而不会损害小号手的什么声誉。这样，人们可以猜想，克利玛先生毫不担忧地同意帮她这个忙。这难道构成了他杀害不幸的女护士的理由吗？就像大夫已经向我们解释的那样，克利玛先生实在不太可能是那胎儿的真正父亲。退一万步讲，就算我们假定克利玛是孩子的父亲，假定这一事实令他极其难堪。您能不能给我解释一下，他又为什么要杀死女护士呢？既然她已经同意堕胎，而且要求也得到了正式批准？不然的话，伯特莱夫先生，我们怎么能认定克利玛就是杀人者呢？"

"您没有明白我的意思，"伯特莱夫平和地说，"我并不想把任何人送上电刑椅。我只是想为露辛娜讨一个清白。因为自杀是最深重的罪孽。即便一种痛苦的生命，也有一种秘密的价值。即便一种处于死亡边缘的生命，也有它灿烂辉煌的光芒。从来没有面对面地注视过死神的人，不会知道这一点，但是我，探长先生，我了解它，因此我对您说，我将竭尽全力来证明这个年轻女子的清白。"

"但是，我也一样啊，我也愿意尝试一下，"探长说，"事实上，还有第三个嫌疑人。伯特莱夫先生，美国商人。他本人曾承认说，死者和他一起度过生命中的最后一夜。人们也许会提出异议，假如他是杀人犯的话，他当然不会自动送上门来提供这一情节。但是，这样的反驳根本经不起分析检查。在昨天晚上的音乐会期间，所有观众都看到，伯特莱夫先生坐在露辛娜的身边，在音乐会结束之前，他跟她一起离开大厅。伯特莱夫先生心里很清楚，在这样的情景中，与其被别人揭发，还不如自己干脆承认了好。伯特莱夫先生告诉我们，女护士露辛娜很满意那一夜。这可不是光说给我们听个离奇的！伯特莱夫先生不光是一个迷人的男人，他尤其还是一个美国商人，手中有美元，有一本美国护照，凭着这本护照，就可以周游世界。露辛娜看到自己封闭在这个小地方中，无望地寻求着跳出这个圈子。她有一个男朋友，他一心想娶她，但他只是这里的一个电器维修工。假如她嫁给他的话，她的命运就被牢牢地钉死在这里，她就再也无法从这里走出去了。她在这里没有别的人，所以她并没有马上跟他分手。但是，与此同时，她尽量避免吊死在这一棵树上，因为她不打算放弃她的希望。后来，她眼前突然出现了一个举止优雅的异国男人，搞得她晕头转向。她已经相信，他将要娶她，她将一劳永逸地离开世上的这一偏僻角落。一开始，她的行为还像一个神秘的情妇，但后来，她变得越来越碍人手脚了。她让他明白了，她将不放弃他，她甚至开始讹诈他。但是，伯特莱夫是结了婚的人，而他妻子，假如我没弄错的话，作为一个贤惠的妻子，一个一岁小男孩的母亲，已经从美国赶来，明天就要到这里。伯特莱夫会不惜一切代价避免丑闻。他知道，露辛娜身上总是带着一瓶镇静剂，他知道这些药片是什么样子。他跟国外有着千丝万缕的联系，他也有很多的钱。对他来说，让人做一片跟露辛娜的药一模一样的毒药，还不是易如反掌的一桩小事。在那个美妙的夜晚，等他的情妇睡着后，他把毒药倒进她的药瓶里。我想，伯特莱夫先生，"探长总结道，庄严地提高了嗓音，"您是唯一一个有杀害女护士的动机的人，同时，您也是唯一一个有办法这样做的人。我奉劝您老老实实地坦白吧。"

屋里顿时一片寂静。探长久久地盯着伯特莱夫的眼睛，伯特莱夫则回报以一道同样耐心、同样沉默的目光。他的一脸表情既不是惊诧，也不是恼怒。他最后开口说：

"我对您的结论一点儿也不吃惊。由于您无力找到杀人凶手，您就得找个倒霉蛋，让他来当替罪羊。无辜者要为有罪者负债，这正是生命中奇怪的奥秘之一。我就有劳您了，把我逮捕吧。"

22

　　田野披上了一层蒙蒙的暮色。雅库布把车子停在离边境站只有几公里的一个小村庄里。他还想延续他在这个国家中逗留的最后那段时光。他走下车子，在村庄的街道上漫步。

　　这条街并不漂亮。沿着低矮的房屋，堆放着一些生锈的铁丝网，一个废弃了的拖拉机轮胎，还有一些废铜烂铁。这是一个被人遗忘的、丑陋的村庄。雅库布心里说，这个散扔着生锈铁丝网的垃圾堆，就像一个污秽的字眼，他的祖国把它当作告别辞留给了他。他一直走到街的一端，那里有一个广场，一个小水池。水池也被人遗忘了，水面上满是水藻。水边上有几只鹅在嬉戏，一个少年手握一根树枝，在那里赶着鹅。

　　雅库布转身返回，正要重新上车。他发现一个小男孩正趴在自己家的玻璃窗后面。那小男孩大约四五岁的样子，正透过窗玻璃看着水池。他兴许在观察鹅群，兴许是在看那个用树枝赶鹅的少年。他趴在玻璃窗后，雅库布无法把自己的目光从他身上挪开。这是一张稚嫩的脸，但是吸引住雅库布的，是孩子的那副眼镜。孩子戴一副很大的眼镜，而且镜片很厚。脑袋是那么的小，而眼镜却是那么的大。孩子戴着它，就像负载着沉重的负担。他戴着它，就像负载着他的命运。他透过眼镜的圆环往外看，就像是透过一道铁栅栏。是的，他戴着那两个眼镜环，就如同带着铁栅栏，好像他必须一辈子把这栅栏带在自己的身上。雅库布透过眼镜的栅栏瞧着这孩子的眼睛，突然，他心中涌起一阵巨大的悲哀。

这突如其来的情感之潮，就像是陡峭的河堤刚刚决了口，河水一下子席卷了整个的田野。雅库布很久没有这么悲哀了。多少年了，他体验的是辛酸、苦涩，而不是悲哀。而现在，他突然被这一情感击中，他再也无法动弹。

他看到眼前框定在一个栅栏中的孩子，他十分怜悯这个孩子，怜悯他的这个国家，他想象，这个国家，他并不怎么爱，而且爱得有问题，而他的悲哀，正是因为他对祖国的这种糟糕的、错过的爱。

他猛然想到，是他的骄傲妨碍了他爱这个国家，因高贵、高尚、高雅而造成的骄傲；一种没理由的骄傲，使得他不爱自己的同类，使得他仇视他们，把他们都看成是杀人凶手。他回想起，他把毒药倒进一个陌生女人的药瓶里，他自己也是一个杀人凶手。他是一个杀人凶手，而他的骄傲也荡然化为尘埃。他成了他们中的一员。他是那些可悲的杀人凶手的兄弟。

戴大眼镜的男孩站在窗后，愣愣地一动也不动，目光固定在水池上。雅库布觉得，这男孩什么错都没犯，什么错事都没做，

315

他来到世界上时却永远永远地带着一双有毛病的眼睛。他还想到，他曾经抱怨别人的那些东西，也是某种与生俱来的东西，他们来到世上时就带了来的，他们带在身上的，就像一道沉重的栅栏那样永远带着。他想到，他自己根本没有任何特权拥有崇高的心灵，而最崇高的心灵要爱这些人，尽管他们也是杀人的凶手。

他又一次看到了那片浅蓝色的毒药，他心里想，他把它倒进那个可恶的女护士的药瓶里，作为一种道歉；作为一种要求加入他们行列的申请；作为一种恳请他们接纳他的请求，尽管他一向拒绝把自己算作他们中的一员。

他快步朝汽车走去，打开车门，坐到驾驶座上，重新驶向边境。就在昨天，他还想，那会是很轻松的一刻。他会满怀喜悦地从这里出发。他会离开一个他曾错误地出生的地方，一个他并不觉得是在自己家的地方。但是，眼下这一时刻，他知道，他离开的是他唯一的祖国，他没有别的祖国。

"别太高兴了，"探长说，"监狱不会为您打开它光荣的大门，让您像耶稣基督走上各各他①那样穿越它。我从来就没有相信过，会是您杀死了那个年轻女郎。我之所以控告您，只是为了不让您再坚持说，她是被人杀死的。"

"我很高兴您并没有拿您的控告当真，"伯特莱夫以一种求和的口吻说，"您说得对，我实在没有多少道理一味地要您证明露辛娜的清白。"

"我也很高兴地看到，你们已经和解了，"斯克雷塔大夫说。"至少有一点能让我们感到欣慰。无论露辛娜是怎么死的，她的最后一夜是一个美好的夜晚。"

"看看月亮吧，"伯特莱夫说，"它跟昨天一模一样，把这个房间变成了花园。就在二十四小时之前，露辛娜还是这个花园中的仙女。"

"而正义，它没有任何东西能让我们如此感兴趣，"斯克雷塔大夫说。"正义不是一件人类的事情。有盲目和残酷的法律的正义，也可能还有另一种正义，一种更高的正义，但这种正义是我所不能理解的。我总感觉到生活在此就是生活在正义之外。"

"这是什么意思？"奥尔佳很惊讶。

"正义跟我无关，"斯克雷塔大夫说。"那是某个不仅在我之外、而且在我之上的东西。无论如何，它是某个非人类的东西。我决不跟这种讨厌的力量合作。"

"您是不是想说，"奥尔佳问道，"您不承认有什么普遍价值？"

"我承认的价值，跟正义没有任何共同之处。"

"比如说呢？"奥尔佳问。

"比如说，友谊。"斯克雷塔大夫不急不忙地答道。

所有人都闭口不言了，探长起身要告辞。就在这时，奥尔佳突然有了一个想法：

"随便问一下，露辛娜服的药是什么颜色的？"

"浅蓝色的，"探长说，他显然又来了兴趣，补充道，"您为什么要问这个问题？"

奥尔佳担心探长看出了她的想法，便匆忙开倒车："我曾看见她带着一瓶药。我不知道你们说的是不是就是我见过的那一瓶……"

探长没有看出她的想法，他有些累了，他起身告别，祝所有的人晚安。

---

① Golgotha，一译骷髅地，耶稣受难之地。

等他出门后，伯特莱夫对大夫说："我们的妻子马上就要到了。您愿不愿意我们一起去接她们？"

"当然。您今天应该服多一倍的剂量。"大夫友善地说道，伯特莱夫走进了隔壁的小房间。

"以前，您给过雅库布一片毒药，"奥尔佳说，"那是一粒浅蓝色的药片。而他一直把它带在身上。我知道这件事。"

"不要瞎编蠢话。我从来没有给过他这样的东西。"大夫很严厉地说。

过了一会儿，伯特莱夫从小房间里出来，戴上了一条新领带，于是，奥尔佳向两个男人告辞。

24

伯特莱夫和斯克雷塔大夫沿着杨树成行的小道，走向火车站。

"瞧瞧今晚的月亮，"伯特莱夫说，"请相信我的话，大夫，昨天晚上和夜里实在是美妙无比。"

"我当然相信您的话，但是，您应该量力而行。一个那么美好的夜晚所需要的运动，真的会让您十分危险的。"

伯特莱夫什么都没有回答，他的脸上洋溢着一种幸福的自豪感。

"看起来，您的气色好极了。"斯克雷塔大夫说。

"您没看错。假如多亏我的话，她生命中的最后一个夜晚是一个美好的夜晚，那么，我就很幸福了。"

"您知道，"斯克雷塔大夫突然说，"有一件特别的事情我要来求您，但我一直不敢开口。不过，既然我觉得，今天确实是一个异乎寻常的日子，那么，我就斗胆……"

"请讲吧，大夫！"

"我想请您收养我当您的儿子。"

伯特莱夫停住脚步，于是，斯克雷塔大夫向他解释了他的请求的动机。

"我还有什么事不能为您做的，大夫！"伯特莱夫说，"我只是担心，我妻子会觉得这事太离奇。她将比她的儿子还年轻十五岁。从法律的角度来看，这事情有可能吗？"

"法律中从来没有规定过，一个养子就必须比父母亲更年轻。这又不是一个血统意义上的儿子，而仅仅是养子而已。"

"您敢肯定吗？"

"我早就咨询了不少法学家。"斯克雷塔大夫带着一丝腼腆平静地说。

"您知道，这是个奇怪的念头，我有些惊讶，"伯特莱夫说，"但是今天，我处于一种那么喜悦的状态，我只想要一样东西，即给全世界带来幸福。假如这能够给您带来幸福……我的儿子……"

两个男人当街拥抱在一起。

25

奥尔佳躺在她的床上（隔壁房间的收音机沉默了），对她来说，显然是雅库布杀死了露辛娜，而除了她和斯克雷塔大夫之外，任何人都不知情。他为什么要这样做，她也许永远也不会知道了。她吓得一阵颤抖，浑身不禁起了一层鸡皮疙瘩，但是随后（就像我们所知道的那样，她很善于观察自己），她惊奇地发现，这一阵颤抖是那么的甜美，这一恐惧充满了骄傲。

昨天，她跟雅库布做了爱，而就在那一时刻，他满脑子正转悠着一些可怕的想法，当她把他整个人儿消融在她身上时，甚至连那些想法也一起消融了。

这一切怎么可能就不让我厌烦呢？她想道。怎么可能我就没有（而且我也永远不会）揭发他呢？难道我也一样，我也生活在了正义之外？

但是，她越是这样诘问自己，就越是觉得自己心中的那种奇怪而又幸福的骄傲在膨胀，她就像是一个遭人强奸的年轻姑娘，突然感到一种令她眩晕的快感，她越想排斥它，它就越是强烈……

26

火车进了站，两个女人从车厢中下来。

一个大约三十五岁的年纪，接受了斯克雷塔大夫的一个亲吻，另一个更为年轻，衣着打扮很是精心，她怀中抱着一个小娃娃，这一回，是伯特莱夫上前亲吻了她。

"亲爱的夫人，让我们看一看您的小宝贝吧，"大夫说，"我还没有见过他的面呢！"

"如果我不是十分了解你的话，我恐怕会疑窦丛生，"斯克雷塔夫人笑着说，"瞧瞧，他的上嘴唇上有一粒痣，跟你恰好长在同一个部位！"

伯特莱夫夫人细细察看了斯克雷塔的脸，几乎大笑着说："真的哟！当年我在这里治疗时，我倒是从来没有注意过您呢！"

伯特莱夫说："真是一种令人叫绝的偶然，我不得不把这归于奇迹。为女人们带来健康的斯克雷塔大夫，真正属于天使这一类，就像是一个天使那样，他为那些靠他帮助才降生的孩子们打上了他的记号。这不是一个美人痣，而是一个天使的印记。"

伯特莱夫的解释让所有在场的人欣喜万分，大家都开心地大笑起来。

"此外，"伯特莱夫对他那位迷人的妻子说，"我要庄严地向您宣告，就在几分钟之前，大夫成为了我们的小约翰的兄弟。这是完全正常的，既然他们是兄弟，他们就有相同的印记。"

"终于！你终于决定了……"斯克雷塔夫人说着，幸福地叹了一口气。

"我什么都不明白，我什么都不明白！"伯特莱夫夫人说，她一个劲儿地要她丈夫解释一下。

"我会把一切都解释给你听的。今天，我们有那么多的话要说，有那么多的事要庆贺。一个美好的周末在等待着我们。"伯特莱夫说着，挎住了妻子的胳膊。然后，在月台柱灯的照耀下，他们四个人一起走出了火车站。

一九七一年或一九七二年完成于波希米亚

图字：09-2003-200 号

图书在版编目(CIP)数据

    告别圆舞曲/(法)米兰·昆德拉著;余中先译. —上海：
上海译文出版社,2022(2025.7重印)
    ISBN 978-7-5327-8985-6

    Ⅰ.①告…   Ⅱ.①米… ②余…   Ⅲ.①长篇小说-法
国-现代   Ⅳ.①I565.45

    中国版本图书馆 CIP 数据核字(2022)第 054825 号

告别圆舞曲	MILAN KUNDERA	出版统筹　赵武平
	米兰·昆德拉　著	责任编辑　李月敏
La valse aux adieux	余中先　译	装帧设计　董茹嘉

上海译文出版社有限公司出版、发行
网址：www.yiwen.com.cn
201101　上海市闵行区号景路 159 弄 B 座
上海市崇明县裕安印刷厂印刷

开本 890×1240　1/32　印张 10.25　插页 2　字数 128,000
2022 年 9 月第 1 版　2025 年 7 月第 3 次印刷

ISBN 978-7-5327-8985-6
定价：70.00 元